섀먼 에듀

Salmon Education

이공훈 교육소설

한누리
미디어

국립중앙도서관 출판시도서목록(CIP)

샤먼 에듀 = Salmon education : 이공훈 교육소설 / 이공훈 지음,
-- 서울 : 한누리미디어, 2003
    p. ;   cm

ISBN 89-7969-221-8 03810 : ₩8000

813.6-KDC4
895.735-DDC21   CIP2003000070

이공훈 교육소설

새먼 에듀

1 여울

　겨울이 되면서 설악은 자신의 벗은 몸매를 드러내었다. 지난 가을 그토록 붉게 타오르던 잎사귀들은 바람결에 휘날리며 어지러이 딩굴다가 바위틈으로 잦아들었고 바위와 절벽과 묏부리에는 시험이라도 하려는 듯 삭풍이 몰아쳤다.

　그러나 떡 버티고 선 설악의 꿋꿋한 기상에 제풀에 주저앉고 말았고 어디서 왔는지 모를 흰 눈이 어르고 달래고 감싸면서 두껍게 두껍게 쌓이는 것이었다. 하얀 눈 속에 포근히 감싸안긴 설악은 때가 되면 그가 잉태한 생명을 풀어 젊음이 약동하고 생의 환희가 넘쳐나는 일대 장관을 천지간에 연출하리라.

　산봉우리에 쌓여 있던 눈들은 만년설 같기만 했고 좀처럼 녹을 줄을 모를 것만 같았는데 봄이 오면서 아무도 모르게 두꺼운 층 밑으로 녹아 설악의 깊고 깊은 폐부 속으로 파고드는 것이었다. 그리고는 설악의 정기를 흠뻑 담아 산자락에서 용천수가 되어 지상으로 솟구쳤다. 설악의 정기가 스며든 눈 녹은 물들은 어느덧 온갖 생명들에 생기를 불어 넣어주는 생명수가 되어 있었다.

실핏줄 같은 물줄기가 여럿이 모이면서 제법 커지고 여기저기 웅덩이도 생겨났는데 이곳이 어린 새먼 에듀가 태어난 고향이고 어린 시절의 꿈이 서린 여울이다. 맑은 물 아래 바닥에는 자갈과 모래들이 아침 햇살에 반사되어 산산이 부서지는 보석처럼 어지러이 반짝이고 있었다.

그는 이곳에서 장장 3개월이나 깊은 잠을 잤다. 다가올 운명의 시련도 모르고 섭리도 몰랐지만 그런 것은 설악의 품안에 안긴 새먼 에듀에게 있어 아무런 상관이 없었다. 그는 엄마의 뱃속 같은 설악에 안기어 혹독한 추위도 모른 채 달디단 잠을 잔 것이었다.

그는 자연이 그에게 손짓하는 데 따라서 잠에서 깨어났다. 그리고는 어깨를 이리저리 비비고 흔들어 자갈과 모래가 자그만치 50센티나 쌓인 표층을 헤집고 밖으로 나왔다.

이윽고 수면으로 떠오른 그는 왕방울 같은 눈을 들어 위를 쳐다보았다. 어찌도 그리 맑고 청명한지 마치 코발트 색 물감을 금세 뿌려 놓은 것만 같았다. 하도 눈이 부셔 한동안 눈을 껌벅거리며 아무런 생각도 할 수 없었다. 그러더니 말로 형용할 수 없는 새파랗고 투명한 천지가 한 눈에 확하고 들어오는 것이었다. 그는 숨을 흑 들이켰다.

'흠, 하늘이 저기 있구나.'

이내 산봉우리하며 깎아지른 듯한 절벽들하며 푸른 소나무와 기기묘묘한 형상들이 물밀듯이 그의 눈 속으로 들어왔다. 신비하고 장엄한 자연의 모습에 압도되어 자기도 모르게 숙연해지는 것이었다.

그는 자연 앞에 조용히 한 생명의 탄생을 고했다. 보는 이도 듣는 이도 없었지만 거대한 한 우주가 탄생하는 순간이었다.

에듀는 쌀쌀한 기운을 느끼고 물 속으로 몸을 낮췄다. 물 속은 따스했으며 그가 활동하기에는 더 없이 좋았다. 여기저기를 헤엄쳐 다녀 보기도 하고 모래를 입에 물어 보았다가 뱉어 보기도 하고 자갈을 툭하고 받아 보기도 하고 나뭇가지들 사이에 숨어 보기도 하면서 시간 가는 줄 모르고 놀았다.

그러다가 한 무리가 그에게 다가오는 것이 보였다. 툭 튀어나온 눈망울과 불룩한 배만 있는 게 물고기 같은 모습은 어디에도 없고 꼭 꿰다 놓은 보릿자루 같았다. 그가 보기에 하도 우스워,

"야, 너희들은 생긴 게 뭐가 그렇냐. 챙피하지도 않냐."

하고 핀잔을 주었다.

그러자 자기들도 그렇게 생각하는지 한참을 깔깔대고 웃는 것이었다. 그러면서도,

"놀리는 너는 별 다른 놈인 줄 아느냐?"

하면서 역시 깔깔대는 것이었다.

배에 차고 있던 보릿자루같이 생긴 것은 자황이라고 하는 것인데 일종의 도시락이었다. 아마도 셔먼 에듀와 그의 무리들이 설악의 정기도 마시고 물 내음도 맡으며 지형도 익히라고 누군가가 배려해 준 선물 같았다.

무리들과 어울려 여기저기 다녀 보는 동안 어느 새 열흘이 지

나갔고 그 사이에 배도 쏙 들어가 버리고 제법 의젓한 한 마리의 물고기가 되었다.

자황을 배에 달고 다닐 때에는 열목어 새끼들이 멋있어 보이고 부럽기도 했는데 이제는 그런 무리들이 부럽지 않게 되었다. 그는 물 내음을 폐부 깊숙이 새겨 두었다.

'어쩌면 이 물 내음이 그리워 몸부림칠지도 몰라. 그리고 다시 찾아올지도 모르구 말야. 먼 훗날 할 일을 다한 후에 말야.'

하고 중얼거렸다.

자신도 모르게 어떤 운명적인 것이 느껴지는 것이었다.

'흠, 이 물 내음은 설악의 정기가 스며든 내음이야. 생명을 잉태케 하고 기르고 꿈을 지니게 하는 신비한 기운이 담겨 있어.'

에듀는 청정한 물 내음이 풍겨주는 신선한 기운에 흠뻑 빠져들었다.

'응, 나는 이제 알 수 있을 것 같아. 설악이 우리에게 무엇을 원하고 있는지를. 어름치나 꺽지들은 아마 절대로 그런 걸 모를 거야. 그러나 나는 설악이 들려주는 소리를 들을 수 있어. 멀리 바다로 나가서 살라고 그래. 세상은 넓고 우리들은 그 곳에 가서 마음껏 뜻을 펴면서 살 수 있대. 설악은 우리들에게 그렇게 살라고 명령하고 있어.'

그는 이런 명령이 자기에게만 내린 것인지 어떤지 몰라 옆 친구에게 물어 보았다.

"너희들, 뭐 들은 게 없니?"

하고 물어 보니,

"너희들은 선택받은 종족이다. 눈이 녹아 설악의 품속으로 스며들 때 배어든 청정한 정기가 저 멀리 북태평양까지 이어져 있단다. 그러니 너희들은 그 내음을 맡으며 북태평양 베링해까지 나가거라. 그곳이 내가 준비해 둔 너희들의 세계다."

라고 하는 소리를 들었다는 것이었다.

에듀는 동료들로부터 그런 말을 듣는 순간 솟구쳐 오르는 뿌듯한 자부심에 몸을 부르르 떨었다. 그리고 그가 살아갈 먼 바다의 웅대한 자연과 둥그런 모양의 수평선이 머리 속에 떠오르는 것이었다. 원의 중심, 세계의 중심에 그가 있는 것 같았다.

에듀는 설악의 정기가 녹아든 물 속을 유유히 헤엄쳐 다니며 생명의 약동을 마음껏 즐겼다. 맑은 시냇물 소리와 고드름이 물에 떨어지면서 내는 '찰랑'하는 소리하며 이름 모를 풀들이 이끼들을 헤치고 나오며 내는 '바지락'하는 소리 등 맑고 고운 소리를 들었다.

때때로 어디서 왔는지 산 위로 솟구치며 부딪치는 바람소리에 놀라 돌 틈으로 숨기도 했지만 조금 있으면 언제 그랬냐 싶게 돌 밖으로 나와 여기저기를 찾아다니는 것이었다.

그러다가 물장구도 치고 가랑잎 밑에 숨어 보기도 하고 열심히 자맥질도 해대는 녀석이 옆에 있는 걸 알았다.

"너는 어디 사는 누구니?"

"응, 나는 여울에 사는 치누크라고 해. 그런데 너는?"

"어? 나도 여울에 사는데? 아 참 우리는 다 같이 한 고향에서 태어난 친구들이지. 반갑다. 나는 에듀라고 그래. 우리 친구되자."

"좋다. 우리는 친구다. 같이 놀러가자. 여기 저기서 새순이 돋아난데. 물벌레들도 슬슬 기어 나오고 있어. 환영해 주자."

둘이는 같이 놀러 다니면서 떠들고 여기 저기 기웃거리며 몸이 지칠 때까지 열심히 돌아다녔다. 모두 처음 보는 것들이라 정신 없이 물어 보고 또 물어 보며 돌아다녔지만 신기하고 재미있고 놀랍기만 했다.

나뭇가지에도 물어 보고 돌부리에도 물어 보고 이끼에도 물어 보았다. 때로는 눈치 없이 가재에게 물어 보다가 찝게에 찔려 혼쭐이 나기도 했지만 깔깔대며 치누크와 함께 돌아다니느라 여념이 없었다.

물 속에는 퉁가리, 자가사리, 열목어, 둑중개, 미유기 같은 녀석들이 돌 틈으로 들어갔다 나왔다 하면서 숨바꼭질을 하고 있었다.

"치누크야, 이 세상에는 신기한 게 참 많구나. 누가 이렇게 만들어놨을까. 너는 알 수 있니?"

"음, 모르겠어. 그렇지만 알려고 해도 소용 없을 거야. 짐작이긴 하지만 아마 아무도 가르쳐주지 않을 거야. 어쩌면 학교 선생님들도 가르쳐주지 않을 거야. 에듀야, 그러면 어떠니. 우리 힘으로 알아내면 되지 뭐. 우리 같이 알아 보도록 하자. 나도 그게 참 궁금하거든. 자세히 봐봐. 우리 주위에 있는 모든 것들이 우리를 기다리고 있었던 것 같애. 모두가 환영하고 있는 것 같지 않니?"

에듀와 치누크는 서로 어깨를 짚으며 샘물이 솟아나는 곳으로 가 보기도 했다.

"좋은 세상이다. 우선 구경부터 실컷 하자."

둘이는 함께 어울려 놀러 다니며 꿈과 이상을 키워 나갔다. 그들이 보기에 분명 이 세상은 에듀와 치누크를 위해 존재하는 것 같았다.

그런데 며칠 돌아다니고 나니 웬지 사는 곳이 좁아 보이기 시작했고 대부분은 이미 보고 또 본 것들 뿐이었다. 어쩐지 신비감이 떨어지고 구경 다니는 것도 시들해졌다.

치누크에게 물어 봐도 그렇다는 것이었다. 그와 동시에 에듀의 몸집도 커지고 힘도 세졌으며 좁은 여울에서 친구들과 함께 살기에는 공간이 점점 좁아지는 것이었다.

"치누크야, 우리가 이곳을 떠날 때가 되었나 봐. 저 턱을 넘으면 시내가 있대. 같이 거기로 가자. 거기에 가면 재미 있는 일들이 많을 거야. 어때?"

하고 물어 보니 치누크도 좋다는 것이었다.

둘이는 함께 시내로 나가기로 했다.

그런데 그 동안 지내던 이곳 여울을 떠나 시내로 가기 위해서는 에듀와 치누크 그리고 그의 동료들을 포근하게 감싸주고 있던 턱을 넘어야 했다. 시내로 갈 생각이 없었을 때는 병풍처럼 아늑하게 감싸주던 턱이 이번에는 힘들여 넘어야 하는 장애물이 된 셈이었다.

여울과 시내 사이에 턱이 있었던 것이었다. 둑중개나 미유기들은 턱을 넘는 걸 몹시 두려워 하고 있었다.

"어떻게 턱을 넘을 생각들을 다 하니?"

에듀와 치누크 그리고 그의 무리들이 턱을 넘겠다는 걸 주저

없이 선택하자 버들치나 자가사리 같은 물고기들도 어안이 벙
벙해지는 것이었다. 그러더니 마침내,

"가고 싶으면 가라. 우리들은 이곳에서 살 거야. 우리는 다
같이 놀면서 함께 지내던 친구들이니 진심으로 충고하는데 이
제라도 가지 않았으면 해. 왜냐하면 객지에서 사는 삶이란 고
달픈 거야. 위험하기도 하구 말야. 다시 못 볼지도 모르고."

하고 달래려 했지만 에듀와 그의 무리들에게는 귀에 들리지
않았다.

에듀는 둑중개, 미유기, 버들치와 자가사리 무리에게 말해 주
었다.

"그래, 너희들은 여기서 살아. 조금 있으면 눈도 다 녹고 빗
물이 쏟아져 들어올 거야. 그 때가 되면 지금처럼 신선한 물도
마시지 못하면서 살게 될 거야. 그래도 좋다면 할 수 없는 일이
지. 우리는 북태평양에 가서 살 거야. 넓은 바다를 마음껏 휘저
으면서 살 거란 말야."

에듀와 그의 무리들은 너무나 자연스럽게 턱을 넘었다. 그건
턱이라기보다 운동장의 뜀틀처럼 그저 재미있는 장애물에 불과
했다. 모두들 의기양양하게 턱을 넘어 시내로 나아갔다.

턱을 넘으면서 얼핏 보니 턱의 틈새 사이로 무엇인가가 다닥
다닥 붙어 있는 게 보였다. 그게 무엇인지 궁금했지만 크게 개
의하지는 않았다. 턱에 붙어 살면서 낙오자들을 기다리고 있는
불가사리 같은 존재들이라고는 미처 생각해 보지 못했다. 여울
을 둘러싸고 있던 턱을 넘는 건 에듀와 그의 친구들에게 식은
죽 먹기였지만 누군가가,

"그게 그렇게 쉬운 게 아니야. 턱을 넘다가 실수하는 날에는 간다."

는 것이었다. 그러니 그런 불상사를 피할려면 미리 연습을 해두는 게 좋을 거라는 것이었다.

그래서 약간의 연습을 해 보았다. 등지느러미로 균형잡기, 꼬리 지느러미로 물차기, 가슴지느러미로 방향틀기 같은 것이었다. 별로 힘들지 않았다. 에듀는 웬지 기분이 좋지 않았다.

"우리에게는 이따위 연습 필요 없어. 버들치나 버들개나 열목어나 둑중개, 미유기, 자가사리라면 모르지만 말야. 모두들 다 잘 넘을 수 있는데 뭣 때문에 연습을 해야 한단 말이야. 도대체 누가 우리보고 그런 연습을 하라고 했는지 모르겠군. 치누크야. 누가 그런 말하던지 알고 있니? 우리를 뭘로 보고 하는 말이야."

하고 쓸쓸한 기분을 토로했다.

그런데 그의 친구들은 어디서 무슨 얘기를 들었는지 열심히 연습에 골몰하는 것이었다. 참다 못해서 에듀가 친구들에게 한마디 했다.

"턱을 넘기 위해서 연습을 해야 한다는 건 우리 종족에 대한 모독이야. 우리는 이런 턱 정도가 아니라 산더미 같은 파도도 타넘으면서 살아갈 거야. 설악의 정기를 받고 태어나 북태평양에서 당당하게 주름잡으며 살아갈 우리들에게 연습을 시키고 시험을 보게 한다는 건 참을 수 없어."

하고 소리 질렀다.

에듀가 보기에 턱을 핑계로 에듀와 그의 무리들을 길들이려는 것 같았다. 그렇지만 어쩐 일인지 그의 친구들은 아무런 경계심도 없이 부지런히 턱 넘기 연습을 하는 것이었다.

턱 넘기는 쉬웠다. 모두들 함께 바닥에 무엇인가가 잔뜩 붙어 있는 걸 무심히 보면서 유유히 넘어 시내로 나아갔다. 처음으로 고향을 떠나 미지의 세계로 나선 것이었다.

에듀에게 있어 시내는 두려운 세상이기는커녕 새로운 것들로 가득 찬 신기하고 아름다운 꿈의 동산과 같은 곳이었다.

2 시내

에듀와 치누크 그리고 그의 무리들은 시내에 오자마자 유치원에 등록했다. 유치원은 시내 한가운데 있었으며 문 입구에 알록달록한 꽃장식으로 치장하고 우리를 맞아 주었다. 「유치원=킨데르가르텐」이라는 간판이 붙어 있었다. 여러 여울에서 온 친구들로 하여 왁자지껄했으며 선생님들도 어린 식구들을 맞이하느라 들떠 있었다.

버들개 선생은 노래부르기, 춤추기, 연극하기, 그림 그리기 등을 가르쳐 주며 오전 내내 함께 같이 놀아주는 것이었다. 어떤 때는 다 함께 멀리 소풍을 가기도 했다.

유치원에서의 놀이시간이 끝나면 친구들과 어울려 수초 사이에서 숨바꼭질도 하고 모래 바닥에서 성 쌓기 놀이를 하기도 했다.

에듀도 성격이 쾌활해서 친구들과 어울리기를 썩 좋아하였다. 병정놀이를 하면 에듀와 치누크가 골목대장 역을 번갈아 맡아 친구들을 이끌고 이 수초로 저 웅덩이로 끌고 다니곤 했다.

그런데 언제부턴가 이곳 생활에 변화가 오기 시작했다. 친구들이 잘 알아듣기 힘든 말을 하는 것이었다. 그 동안 쓰던 말하고는 아주 달랐다.

알고 보니 유치원을 끝내고 집에 돌아갈 때 웅덩이에 들러 영어회화를 배운다는 것이었다. 아직 우리 말과 글을 제대로 배우고 익히지도 못했는데 다른 나라 말을 배운다니 좀 이상했다. 그래서 자세히 알아 보니 친구들이 호기심으로 찾아간 것이 아니라 어른들이나 형들이나 선생님으로부터 권유를 받고 가서 배운다는 것이었다.

에듀에게도 같이 가자고 끌기도 했다. 그래서 따라가 보기도 했는데 과연 친구들이 많이 모여 있었다. 에듀도 등록하고 영어회화를 따라 해 보았는데 잘 되지를 않는 것이었다.

처음에 등록했을 때는 열심히 '굿 모닝'이니 '하우 올드 아유'니 하는 뜻도 모르는 말들을 앵무새처럼 열심히 따라 했는데 웬지 반발하고픈 생각이 슬그머니 드는 것이었다.

그는,

"아냐, 이게 아냐. 우리는 설악의 정기가 스며든 눈 녹은 물을 먹고 자랐어. 무슨 뜻인지도 모르면서 흉내만 내는 건 싫어. 치누크야, 우리가 이런 데 다닐려고 시내로 나왔니? 기억나지 않니? 우리는 당당하게 북태평양으로 나갈 수 있고 그 곳에서 마음 놓고 뜻을 펴면서 살아갈 수 있다고 설악이 우리에게 들려주던 말 말이야. 도대체 누가 이런 데 와서 배워야 한다고 하니? 꼭 이런 걸 배워야 한다면 더 이상 시내는 즐거운 곳이 못 돼."

하고 말해 주었다.

시내에는 군데군데 웅덩이가 있었고 그런 곳에는 어김 없이 학원 간판이 붙어 있었다. 친구들도 웅덩이 속에서 복작대면서 영어회화를 배우고 있었다.

에듀의 귀에는 틀림 없이 개구리 떼 울음 소리로밖에 들리지 않았지만 웅덩이에 몰려든 친구들은 좁은 공간과 시끄러운 소음도 즐거운 일인지 모두들 열심이었다.

아무리 생각해도 우리 나라 말이 서투른 게 틀림 없는데 그 위에 서툰 영어까지 해야 하니 말도 서툴고 생각도 서툴고 판단도 서툴고 친구 사귀는 데도 서툰 푼수가 되고 마는 게 아닐까 싶었다.

모두를 바보로 만들고 있는 것 같았다.

'어디선가 누군가에 의한 만들어지고 있는 음모가 아닐까.'

하는 생각이 드는 것이었다. 그러나 에듀는 어디에서도 이런 걸 갖고 걱정하는 것을 본 적이 없었다. 좀 이상한 일이긴 했다.

치누크마저도 오히려 먼 훗날 큰 바다에 가서 살기 위해서는 반드시 영어회화를 할 줄 알아야 하며 만일 영어회화를 할 줄 모르면 받아주지를 않는다는 것이었다.

도대체 누가 그런 걸 심사하는가 하고 물어 보아도 속 시원히 답해 주는 친구들은 없었지만 그런 심사가 꼭 있을 것이라고는 이구동성으로 말하는 것이었다. 어른들도 형들도 그리고 선생님들도. 넓은 바다로 나가는데 영어회화 시험이 있고 여기서 심사에 통과해야만 한다는 게 에듀에게는 도무지 이해가 되지 않았다.

넓은 바다가 누구의 소유이고 그 소유권자가 울타리를 쳐놓고 입장 여부를 체크하지 않는다면 영어회화를 못한다고 해서 바다로 나가지 못할 이유는 없어 보이기 때문이었다. 에듀는 이해가 되지 않았고 그만큼 답답하기만 했다. 그 위에 같이 놀던 친구들이 더 많은 시간을 웅덩이에서 보내기 위해 자꾸 그의 곁을 떠나는 것도 슬퍼졌다.

에듀는 웅덩이에 가기 싫어하는 몇몇 친구들과 어울리면서 시간을 보냈다. 수초에 모이는 친구들과는 죽이 잘 맞았다. 다들 이렇게 좋은 수초를 놔두고 좁디좁은 웅덩이를 좋아하는 게 이상할 정도였다.

그런데 이런 수초에도 웅덩이에 등록한 몇몇 친구들이 틈을 내어 놀러 오곤 했다. 그럴 때면 먼저 그곳 웅덩이 생활이 어떤가 하고 물어 보았다.

"너희들, 웅덩이에서 재미 있게 지내니?"

"응, 요즘은 별로야. 어떨 때는 잘 모른다고 때리기도 해. '몇 살이냐'고 묻는 걸 '하우 올드 아 유'라고 하는데 왜, '몇 살이니' 하고 묻지 않고 '하우 올드 아 유'라고 하는지 모르겠어. '네 이름이 뭐니' 하고 영어회화 시간에 옆 친구에게 우리말로 묻다가 혼나기도 했어. 이름을 물으려면 영어로 뭐라고 해야 한다고 배웠는데 지금은 모르겠어. 여기는 참 좋다. 우리 나라 말로 마음대로 말해도 되니까 말야."

하고 말하는 것이었다. 에듀가 보기에 웅덩이는 처음에는 재미 있고 나중에는 재미 없는 그런 곳같이 들렸다. 다른 친구들도 대체로 비슷한 얘기를 그에게 들려 주었다.

"물어 보고 싶은 게 있으면 영어로 물어 봐야 해. 그래야 가르쳐 주지. 몰라서 못 물어 볼 때도 많아. 그럴 때도 선생님은 눈만 껌벅껌벅해. 수업시간이 다 끝나갈 때 쯤해서 우리 나라 말로 몇 마디 하고는 수업을 끝내는데 어쩌면 선생님이 우리 나라 말을 잘 못하는 것 같기도 해. 요즘은 아예 우리 나라 말을 모르는 선생님이 더 인기가 좋다고들 하지. 그렇지만 나는 싫어. 어떻게 해서든 수초에 와서 놀 거야. 말이라도 마음대로 하는 세상에 살고 싶어."

하고 말하는 것이었다.

"선생님께 물어 보고 싶은 게 많은데 영어로 어떻게 묻는지를 몰라서 참고 있는 중이야. 애기는 어떻게 생길까. 누가 그러는데 나는 다리에서 주워왔대. 눈빛을 보니 정말 같기도 하고 안 그런 것 같기도 한데 선생님은 아실 거야. 그런데 그런 걸 꼭 영어로 물어 봐야 한다니. 아이구 답답해. 에듀야. 너는 애기가 어떻게 생기는지 알고 있니? 알면 말 좀 해줘."

에듀의 관심사는 아기가 어떻게 생기는지 그걸 어떻게 영어로 말하는 건지 하는 게 아니었다. 왜 친구들이 웅덩이 속으로 몰려가고 한 번 들어가면 오랫동안 나오지를 않는지 그게 궁금했다.

"자꾸 고향에서 쓰던 말들을 잊어 버리는 것 같애. 왜 어른들은 고향의 말들을 아끼고 소중하게 여기지 않을까. 그러면서도 늙으면 고향으로 돌아오겠다고 아우성이라지. 이해하기 힘든 일이야."

수초에서의 얘기들은 대충 이런 거였다. 그렇지만 크게 분위기가 전환되지는 않았다. 에듀가 어떻게 재미 있는 일을 만들어 보려고 해도 잘 되지가 않았다. 수초 생활과 웅덩이 생활을 같이 할 수는 없었기에 다 같이 모이는 유치원에서의 오전 시간만이 모두에게 즐거운 시간이었다.

유치원에서의 놀이와 공부가 끝나면 대부분은 웅덩이로 가고 에듀와 몇몇 친구들만이 수초로 모이곤 했다.

에듀와 그의 친구들은 빽빽하게 수초들이 밀식한 한 구석을 즐겨 찾았는데 외부의 침입을 염려하지 않아도 되는 안온한 주거지인 셈이었다. 그들만의 비밀스러운 장소가 있다는 것은 신나는 일이었다. 그렇지 않아도 자기들만의 비밀스러운 일들을 만들어내는 데 선수들인 그들이 정보를 만들어내고 나누고 보관하고 가공하는 일처럼 재미있는 일이 없었다.

이 곳에서 만든 비밀스런 일 중의 하나가 영어회화 수업을 저지하는 계획이었다. 처음에는 웅덩이에서만 영어회화 수업을 했지만 요즈음에는 유치원에서도 영어단어를 배워야 한다고 하면서 딱지 같은 걸 나눠주고 달달 외우게 했다.

"이제부터 유치원이건 웅덩이건 간에 영어회화 시간이 되면 선생님이 물어 봐도 아무 말도 하지 말자. 벙어리가 되자는 말이지. 그러면 선생님들도 우리 나라 말을 하게 해 줄 거야. 입 다물고 있으면 선생님들이 우리보다 더 답답해 하실 테니까 말야. 어떠니 내 계획이?"

하고 에듀가 제안했고 이에 대해 수초에 모인 친구들이 좋다고 동의했다. 누구도 눈치채지 못하게 하기로 했다. 그리고 친구들을 설득하기 시작했다.

"그것 참 재미있겠다. 몰라서 가만 있겠다는데 선생님들도 별 수 없을 거야. 우리 말 사랑하기 운동도 하는 셈이 되고 말야."

하면서 벙어리 흉내를 내기 시작했다.

그러나 이런 계획들은 금세 탄로가 나고 말았다. 아니 오히려 탄로를 내버렸다고 해야 옳을 것이었다. 왜냐하면 이 세상에 너무나도 궁금한 게 많은 에듀의 친구들이 영어로 말해야 한다는 게 힘들었지만 벙어리가 되어야 한다는 건 더욱 힘들었기 때문이었다.

처음에는 벙어리 행세를 하는 듯했지만 여기저기서 키득이는 소리가 났고 이내 웃음바다가 되어 버렸다. 유치원 선생님들도 눈치를 채고는 웃으면서 정 묻고 싶은 게 있으면 우리 말로 물어도 좋다고 하시는 것이었다. 그러자 모두들 좋아라고 박수를 쳤다.

그러나 웅덩이 선생님들은 달랐다. 감히 학원의 수업방침을 거부하다니. 도저히 있을 수 없는 일이라는 것이었다.

낌새를 알아채는 데 탁월한 능력을 지닌 금강모치 유치원장이 소문을 추적해 에듀를 찾아냈다. 웅덩이에 등록한 원생이 아닌 것을 알고는 탐탁치 않게 생각했지만 어떻게든 계획을 격파해야 했으므로 원생들을 위한 그럴 듯한 생일 파티를 만들고 그 자리에 에듀도 참석하도록 했다.

금강모치 원장이 에듀보고 말했다.

"영어 모르는 세상을 생각하기 힘든 그런 세상이 되었어. 회화 공부가 어렵다는 건 알지만 그럴수록 빨리 배워야 해. 나이가 들면 더 어려워지거든. 에듀, 너도 웅덩이에 등록하렴. 장학생이 되게 해줄게."

"원장님 말씀은 고맙지만 사양하겠습니다. 그리고 빨리 배울수록 좋다는 게 무슨 말인지 모르겠어요. 꼭 그렇게 하는 게 필요하다면 아예 여울에 있는 웅덩이에다가 학원을 차리지 그래요. 그래서 물 내음 맡는 것보다 먼저 회화를 익히게 하면 좋잖아요. 그렇게 하면 영혼이 영어로 꽉 찰 테니까요."

하고 반박했다.

"네가 몰라서 그러는 거야. 앞으로 영어는 국제어가 되고 너희들은 국제적으로 살아가야 해. 그러니 그런 준비를 일찍이 하라는 건데 뭐가 잘못이니? 우리 나라는 세계에 문을 닫고 살다가 경을 쳤단다. 그런 일을 더 이상 겪지 않으려면 세계적 추세에 민감해야 하고 우리의 실력을 다듬어야 한단다."

"무슨 말씀인 줄 알겠어요. 그래서 어른들이 그토록 오랫동안 영어를 배웠군요. 그렇지만 제대로 영어로 말할 줄도 모르고 쓸 줄도 모르는 바보가 된 걸 전 알아요. 스스로 필요를 느끼고 또 체력적으로 감당할 수 있을 때 배워야 제 것이 되지 아무 것도 모르는 어린 애들을 두고 가르친다는 것은 명분은 그럴 듯하지만 실은 장삿속일 뿐이에요. 오히려 영어에 질려 가만두는 것보다 못할 수도 있어요. 옛날에 천자문을 외워도 커서 다시 공부했다고 하는 말을 들었어요. 영어 회화공부를 하지 않겠다는 게 아니에요. 중학교나 고등학교에 가서 해도 늦지 않잖아요."

하고 반론을 폈다.

에듀가 보기에 어린 친구들을 웅덩이로 끌고 가 영어회화를 가르친다는 것은 설악의 정기가 녹아든 눈 녹은 물 내음을 잊게 해줄 것만 같았다. 수초로 돌아온 에듀는 친구들에게 금강모치 원장과 했던 대화 내용을 설명했다.

"영어회화를 배워두는 게 좋대. 그래서 그건 어린 유치원생들을 괴롭히는 것 밖에 안 된다고 했지. 그렇지만 선생님 말씀에 따르기로 하자. 이곳에서의 생활을 재미 있게 보내야 하는 건 우리들의 책임이기도 해. 너무 영어회화 문제만 가지고 집착하다간 즐거운 시절을 잃어 버릴지도 몰라. 그리고 적어도 우리가 문제를 지적하기 위해서는 먼저 열심히 해 볼 필요도 있어. 앞으로도 16년 이상을 영어공부를 해야 한다니 초기에 너무 예민해질 필요는 없을지도 몰라."

하고 자기의 소견을 덧붙여 얘기했다. 그러자 다들 그렇게 하자고 동의했다. 단 유치원에서의 영어회화 공부만 따라 하기로 하고 웅덩이에서의 공부는 각자 알아서 하기로 했다.

에듀는 유치원과 웅덩이와 수초에서의 논란을 잘 정리한 것 같은 생각이 들면서도 한 편으로 교육을 핑계로 돈벌이에만 급급한 금강모치 원장을 잘 꼬집지 못한 것 같아 영 마음이 개운치가 않았다. 속으로,

'두고 보자, 금강모치 원장. 이번에는 준비가 부족해서 그렇지 교육을 치부의 수단으로 삼는 걸 언젠가는 저지할 거야.'

하고 다짐했다.

킨데르가르텐이란 이름이 붙은 유치원도 영어회화 보습유아원이라는 웅덩이도 개구리 울음 소리 같기도 하고 천자문 암송

하는 소리 같기도 하고 병아리가 삐약삐약하는 소리 같기도 하고 종달새가 지지배배하고 우는 소리 같기도 한 게 종일 시내를 떠들썩하게 했다. 얼마 안 가 이곳 생활도 시들해지고 시내가 좁게 느껴지기 시작했다.

에듀는 이곳에서의 생활을 정리해 보았다. 비록 영어회화 문제 때문에 이곳 생활을 어수선하게 시작했지만 그 문제가 풀리고 난 후 시간이 나는 대로 치누크와 여러 친구들과 어울려 여기저기 다녀본 아름다운 추억들이 머리를 스쳐 갔다.

나뭇가지에 새순들이 돋아나고 진달래꽃 살구꽃 복숭아꽃이 만발하던 꽃 대궐들이 참으로 아름다웠다. 그러나 먼 바다로 가야만 한다는 일념이 원체 불같이 뜨거웠으므로 그림 같기도 하고 환상 같기도 한 아름다운 시내에서의 생활도 그들의 발목을 잡을 수는 없었다.

이곳에서 배운 것은 많았다. 처음으로 단체생활을 해 본 것도 큰 경험이었다. 친구들끼리 끼리끼리 모여서 놀러 다니기는 했지만 체계적이고 조직적으로 움직이면서 질서를 배우고 자기를 거기에 맞추면서 살아가야 한다는 걸 배운 건 커다란 소득이었다.

우리를 여기까지 이끌어 준 어른들을 공경해야 하고 선생님들도 존경하고 따라야 하며 이웃의 어려운 사람들도 시간을 내서 보살펴 드려야 한다는 것도 배웠다. 그리고 친구들도 다 서로 생각이 다르다는 것도 배웠다.

처음에는 모두가 생각이 같은 줄 알았는데 알고 보니 그게 아니었고 오히려 같은 경우는 드물고 다른 경우가 더 많았는데 그럼에도 불구하고 모두 함께 조화롭게 살아갈 수 있는 건 서로를 이해하려는 마음이 있었기 때문이란 것도 알게 되었다.

공놀이나 술래잡기도 많이 했는데 그럴 때 보면 놀이보다 오히려 그런 놀이를 위해서 규칙을 정하고 반칙을 잡아내고 다시 규칙을 수정하고 서로 자기 생각이 맞다고 우기는 경우가 더 많은 것 같았다. 그런 가운데 함께 살아가는 방식이 다듬어지는 것이었다.

서로의 관계를 정당하게 설정하는 규칙이라는 게 매우 효율적이라는 것도 알게 되었고 그러면서도 서로의 관계를 이루는 기초는 신뢰에 있다는 것도 알게 되었다. 많은 것을 배웠다는 생각이 들어 시내에서의 생활에 흐뭇한 마음이 드는 것이었다.

누군가가 자기는 '이 세상을 살아가는 법칙을 할아버지 무릎에서 다 배웠다'고 하기도 했고 또 다른 누군가는 자기는 '이 세상을 살아가는 법칙을 유치원에서 다 배웠다'고 하기도 했다.

에듀는 자기와 친구 사이에는 넘을래야 넘을 수 없는 장벽이 가로 놓여 있다는 것도 알았고 그것이 개성이고 인격이고 자아라는 것도 알았으며 장벽이 있다는 것을 알게 됨으로써 비로소 남들과 정당한 관계를 설정할 수 있게 된다는 것도 알았다.

"그래, 이 세상은 나만의 세상은 아니야. 그렇지만 나를 지킬 수 있을 때 남들도 지켜 줄 수 있고 이 세상을 평화롭고 살기 좋은 곳으로 만들어 갈 수 있는 거야. 자기를 지킬 줄도 모르는 자들이 괜히 남을 침해하고 간섭하고 세상을 시끄럽게 하지. 우리는 모두 설악의 정기가 스며든 눈 녹은 물을 먹고 자랐어. 선택받은 종족이야. 우리는 할 일이 있어. 북태평양의 베링해에서 당당하게 우리 종족의 우수성을 드러내야 해. 누구도 우리를 업신여기지 않게 말야. 그러기 위해서는 누구도 갖고 있지 못한 기름지느러미의 기상을 꿋꿋하게 지켜야지. 바다에서 사는 어떤 종족들도 기름지느러미를 보면 그게 새면 종족의 명예를 나타내는 휘장으로 여기게끔 말야."

에듀는 한 편으로 어서 바다로 나가고 싶다가도 고개를 들어 수면 위를 쳐다보면 온 천지가 꽃 내음으로 진동하는 낙원인 것을 알고 주춤해지기도 하는 것이었다.

그는 치누크에게,

"우리 개천으로 가자. 새로운 세계가 기다리고 있대. 이곳 유치원 생활이 즐거웠고 아름다웠지만 우리에게는 바다에서 해야 할 많은 일들이 있어. 너는 어떻게 생각하니?"

"응, 같이 가자. 나도 그렇게 생각해. 꽃대궐이 참으로 아름답지만 우리의 이상을 펼칠 곳은 여기는 아니야. 설악의 명령을 우리는 지켜야 해. 그래서 나도 빨리 바다로 가고 싶어. 물론 그 전에 개천을 지나야 하겠지만 말야. 개천은 어떤 곳일까?"

에듀와 치누크와 그의 무리들은 개천으로 나아갔다. 시내와 개천 사이에는 턱이라고 할 것도 없는 희미한 금이 있는 정도였고 누구도 그걸 넘는 걸 염려하지 않았다. 턱 주변에 붙어 사는 쏘가리 같은 존재들도 없었다.

형식적인 절차만 마치면 되었는데 그건 그 나이가 들고 키가 2cm로 크면 누구나 좋건 싫건 개천에 있는 초등학교에 등록을 해야 했기 때문이었다.

3 개천

개천은 시내보다 넓었으며 수초도 많고 자갈과 모래도 많았다. 힘이 부쩍 세어진 에듀와 치누크와 그의 무리들에게 흡족할 만큼 넓고도 풍족했다. 그러나 무엇보다도 친구들이 많아진 게 신나는 일이었다.

학교는 개천 한가운데 있었는데 「초등학교=엘레멘트리스쿨」이라는 간판이 붙어 있었다. 세상을 살아갈 기초를 가르쳐 주는 곳이라는 뜻이었다.

아무래도 유치원에서의 기간은 예비단계에 불과하고 이곳에서 정말 중요한 걸 가르쳐 줄 것 같았다. 훌륭한 품성을 기르고 몸을 튼튼히 하면서 우리 말과 글을 체계적으로 가르쳐 주고 덧셈과 뺄셈의 원리도 가르쳐 주는 곳이 초등학교인 것 같았다.

세상을 살아가는 데 필요한 지식을 얻기 위해서는 수단도 갖추고 방법도 알아야 했는데 이 수단이 말이고 글이고 덧셈이고 뺄셈이고 방법은 질문을 하거나 사전을 볼 줄 아는 그런 것들이었다.

선생님들은 지식보다는 그런 지식을 얻는 방법을 아는 게 더 중요하다고 말씀하셨다. 그러나 정말 그런지는 두고 볼 일이었다. 왜냐하면 무엇을 아는지 모르는지를 알아 보는 시험이 늘 상 있어 왔기 때문이었다.

말로는 방법이 중요하다고 했지만 정작 시험 볼 때는 지식의 많고 적음을 알려고만 했다. 방법은 가르쳐 주지 않았다. '초등학교는 다를 테지' 하는 기대는 얼마 안가 무너지고 말았다. 시험은 시내에 있을 때보다도 더 기승을 부리고 있었다.

형들이나 선배들이나 어른들은 가르쳐 준 적도 없으면서 얼마나 많이 알고 있는가에만 관심이 있었고 어쨌든 그 결과는 시험성적으로 고스란히 드러나 속일 수도 없었다. 도대체 어린 에듀와 그의 무리들이 알면 얼마나 안다고 그걸 알아 보느라고 낮이나 밤이나 학교나 웅덩이나 궁금해 하는지.

에듀는 입으로 맛을 보고 코로 냄새맡고 눈으로 보면서 직접적으로 체험하는 걸 좋아했다. 선생님이 들려주는 얘기도 정말로 그런지 확인해야 직성이 풀렸다. 책으로 알게 되는 건 많았지만 어느 것 하나 직접 알게 되는 것만 못한 것 같았다.

교육이 무엇이길래 정말 재미 있고 꼭 필요하고 생생하게 알게 되는 그런 방식을 마다하고 교실에 가둬두고 책에서 눈을 떼지 못하게 하고 가르치려 하는지 모를 일이었다. 아무리 책 속에서 많은 것을 배워도 공허한 느낌이 드는 것이었다.

자연히 에듀는 학교에서의 생활보다 학교가 끝나고 나서의 생활에 관심이 많아져 갔다. 학교 운동장에는 자갈과 모래뿐이고 수초가 없었는데 사실 수초만큼 재미 있는 곳은 이 세상에 없

을 정도였다. 얼마만큼 수초에서의 생활이 재미 있는지는 말로
다 설명하기 어려웠다.

그렇지만 그건 에듀와 몇몇 친구들에게만 그럴 뿐이지 대부
분의 친구들은 수초에 대해 아무런 관심도 두지 않았고 따라서
당연히 수초에서의 재미를 알 수가 없었다.

그들에게 있어 관심이 있는 건 웅덩이고 시험성적이고 반에
서의 등수뿐이었다. 그들에게는 학교와 웅덩이 중에서 어쩌면
웅덩이가 더 중요한 것도 같았다. 개천에 와서 학교에 등록하
자 마자 우루루 웅덩이로 몰려가는 걸로 보아 그럴 것 같았다.
불과 몇몇 친구들만이 수초로 오고 대부분은 웅덩이로 몰려가
는 걸 보며 에듀는 고개를 설레설레 흔들었다.

"내가 모르는 게 웅덩이에 있나 봐. 그렇지 않다면 좁고 먼
지 나고 시끄러운 웅덩이에 돈 싸들고 찾아갈 이유가 없지. 그
렇지만 내 머리로는 도저히 모르겠어. 왜들 그리로 가는지. 어
째서 어른들도 그런 걸 말리지 않고 선생님들도 가만 계실까.
수초가 얼마나 재미 있고 멋 있는 곳이라는 것을 왜들 모를까.
하는 수 없지. 우리끼리 수초에 가서 놀자."

에듀는 친구들과 수초로 가서 그 중에서도 수초가 잘 자라고
빽빽하게 둘러쳐져 있는 곳을 찾아 그들만의 보금자리를 만들었
다. 집을 만드는 건 신나는 일이었다. 이곳은 에듀와 치누크와
몇몇 친구들만이 출입할 수 있고 그 이외의 누구에게도 눈에 잘
띄지 않는 곳이었다. 에듀는 학교 수업이 끝나는 대로 곧장 수
초로 와서는 이곳 저곳 수시로 들락거렸다. 누가 시킨 일도 아
니건만 가볼 데도 많고 할 일도 많고 만날 친구들도 많았다.

잠시도 가만 있을 틈이 없었다. 그런 와중에도 그가 오랜 시간 바라보며 많은 생각에 잠기게 한 건 산과 들과 나무와 바위 같은 것들이었다.

개천에 나와 보니 산들도 더 잘 보이고 들판도 더 넓어 보이고 하늘도 더 높아 보였다. 개천은 여울과 시내처럼 산자락으로 갇혀 있지도 않았다. 탁 트인 세계로 나갈 길목에 자리하고 있었다.

에듀는 때때로 배가사리나 어름치에게 궁금한 것들을 물어 보았다.

"너희들의 꿈은 무엇이니? 그리고 그런 꿈들을 이루기 위해서 어떤 준비들을 하고 있니?"

에듀의 관심사는 대체로 이런 것들이었는데 그 친구들은 그런 일들에 대해서는 관심이 없는 것 같았다.

"호랑이와 사자가 싸우면 누가 이기는지 아니?"

"외계인이 언제 올지 아니?"

"용궁 갔다 온 토끼가 저 바위 위에 앉았었지."

"도깨비 얘기 들은 게 있으면 우리에게도 좀 들려줘."

에듀는 친구들과 더불어 여기저기 구경하면서 돌아다녔다. 모두가 고향산천의 정겨운 모습들이었다. 에듀에게 있어 엘레멘트리 스쿨은 인생의 낙원이었다. 아무런 사회적 책임도 주어지지 않는 자유로움 속에서 보고 듣는 것마다 새롭지 아니 한 것이 없었고 그의 신비함과 오묘함에 감탄하지 않을 수가 없었다.

그에게 있어 개천에 있는 것들은 전부가 학교이고 선생님이

고 친구이고 동료들이었다. 학교의 의미가 특별히 수초와 구분
되는 것도 아니었다. 배움이라는 면에서 이 세상 전부가 학교
인 셈이었다.

"이 세상은 참 아름다운 곳이야. 어느 것 하나도 소중하지
아니 한 게 없어. 누가 이 세상을 만들어 놨을까. 어쩌면 그렇
게 아기자기하게 꾸며 놨을까. 그 속에서 살고 있는 우리들은
얼마나 행복한가."

하고 생각하며 자연을 찬미했고 신에게 감사했다. 생명을 가
진 것들은 모두가 서로 사랑하고 있었고 풀 한 포기 나무 한 그
루까지도 다 생명의 약동을 뽐내고 있었고 삶의 환희로 충만
해 있었다.

세상은 커다란 꽃밭 같기만 했다. 생명이 있는 건 있는 대로
없는 건 없는 대로 어울리는 변화가 마치 교향곡이 울려 퍼지
는 것 같았다. 에듀가 자연의 신비에 심취해 가는 동안 자기도
모르게 몸과 마음을 살찌우고 있었고 또 조화와 균형을 찾아가
고 있었다. 그러나 한 편으로 점점 학교도 멀어지고 친구들도
멀어지고 선생님들도 멀어지는 것을 느꼈다.

특히 친구들은 자꾸 그의 곁을 떠나 어디론가 사라지고 불과
몇몇 밖에 남지 않는 것이었다. 그토록 다정하던 친구들이 낯
설게 느껴지지 시작하는 것이었다.

안타까운 마음에 가까스로 말을 붙여 대화를 나눠 보면 국어
시험이 어쩌니 산수 시험이 어쩌니 하면서 온통 성적얘기만 하
는 것이었다. 아마도 성적과 석차와 등수만큼 중요한 게 그들
에게는 없는 것 같았다. 에듀가,

"우리는 모두 큰 바다에 나가서 살게 되어 있어. 설악의 정기가 스며든 눈 녹은 물을 마시며 자라난 선택받은 종족이야."

하고 말하면 비웃기나 하는 것처럼,

"그렇지 않아. 우리들 중 반 가까이는 바다로 못 나간대. 바다와 강 사이에는 높고도 험한 턱이 있어서 그걸 못 넘으면 쏘가리나 모래무지 같은 무리들에게 잡혀 먹히고 만대. 그러니까 학교 공부 열심히 하고 턱 넘을 준비나 열심히 해."

하고 치누크가 대꾸하는 것이었다.

에듀와 치누크는 점점 멀어지고 있었다. 에듀는 점점 외로움을 느끼며 혼자 수초 속에서 서성이는 경우가 많아져 갔다. 에듀는 친구들이 하는 말이 자꾸 머리 속에 맴돌아 몇 번이고 다시 생각해 보았다.

'우리는 정말 모두가 바다로 나가지 못 하는 걸까. 왜 바다로 못 나갈까. 바다는 우리를 맞아주는 걸 싫어하는 걸까. 바다라는 곳은 어떤 곳일까. 치누크가 한 말이 틀림 없을까.'

등등을 생각해 보았지만 뾰족한 답이 나오지를 않았다.

친구들은 요즈음 부쩍이나 보이지 않고 있었다. 속셈 학원이나 글짓기 학원 또는 태권도 학원이나 피아노 학원, 미술 학원 같은 웅덩이 속으로 부지런히 사라지는 것이었다.

처음에 초등학교에 들어왔을 때는 그렇게 재미있게 함께 어울려 놀던 친구들이 얼마 안 있어 거의 다 떠나간 셈이었다. 학교 공부가 끝나면 그대로 웅덩이로 몰려가고 수초에는 몇몇 되지 않는 친구들만이 곁에 있을 뿐이었다.

에듀는 점점 학교생활에 회의가 일기 시작했다. 마음이 통하는 몇 안 되는 친구들과 수초 속에서 놀면서 늦게 웅덩이에서 나와 집으로 돌아가는 친구들을 부르곤 했다.

"너희들, 웅덩이에 그만 가고 수초로 와서 같이 놀자. 우리는 모두 바다로 나갈 수 있단 말이야. 여울에서 시내로 올 때처럼 그리고 시내에서 이곳 개천에 올 때처럼 말이야."

하고 말해 주었다. 그러나 누구도 그 말을 믿으려 하지 않았다. 에듀의 말에도 왠지 힘이 없었다.

에듀는 고심 끝에 쉬리 선생을 찾아갔다.

"선생님, 친구들이 자꾸 웅덩이로만 가고 수초에는 오지 않아 심심해요. 전에는 같이 잘 놀아줬는데 지금은 싫대요. 웅덩이에 못 가게 해 주세요. 학교가 끝나면 수초에서 다 같이 재미있게 놀면서 크는 게 좋다고 하셨잖아요."

하고 말했다. 그랬더니 쉬리 선생이,

"너희들도 수초 사이로 돌아다니며 놀고 있을 때가 아니야. 조금 있으면 강으로 나가야 해. 그러니 아무 소리 말고 턱 넘을 준비나 해. 개천에서의 낭만은 포기하도록……."

하고 말하는 것이었다.

에듀는 그 동안 이곳에서의 생활이 재미있고 유익했으며 그러면서도 몸도 튼튼하고 마음도 튼튼하게 잘 자라고 있다고 생각했는데 그 모든 것을 포기하고 공부만 하라고 하니 슬퍼졌다.

이제 더 이상의 낭만이나 여유는 없다는 말인가. 갑자기 세상이 좁아지고 꽉 막히는 느낌이 드는 것이었다. 그토록 높아 보이던 하늘도 산 중턱에 걸린 안개만큼이나 낮아 보이고 높은 산들의 당당한 자태도 일시에 사라지는 느낌이었다.

"더 이상의 낭만은 없다? 그렇다면 세상은 재미 없는 곳이지 뭐. 그렇지만 꼭 그렇지는 않을 거야. 모두 바다로 나갈 수 있을 거야. 반이나 낙오자가 나온다는 건 믿을 수 없어. 누군가의 음모일 거야. 바다는 누구에게나 원하는 만큼 다 줄 수 있을 거야. 아주 넓고 풍요로운 곳이라던데."

그 동안 에듀는 개천의 이곳 저곳을 돌아다니고 수초 속에서 혼자 몇 시간씩 명상에 잠기곤 했었다. 그럴 때면 만물을 품어 길러 주는 자연의 넉넉함을 느끼고 그를 사랑하는 마음이 절로 생기곤 했다. 그리고 그 자연의 배후에는 신이라는 존재가 있어 그의 의지가 보편적으로 펼쳐지고 있는 것이라는 걸 알고 신에게 감사하는 마음이 생기곤 했었다.

그런데 쉬리 선생님은 에듀의 이런 마음을 아는지 모르는지 그저 철 없는 개구쟁이로만 대해 주는 것 같았다. 어쩌면 선생님의 입장에서 시험과 성적과 석차와 등수 같은 걸 별 게 아닌 걸로 생각하는 에듀가 철 없게 보일 만도 했다.

오랫동안 아이들을 가르쳐 오면서 에듀처럼 선생님의 말을 잘 듣지 않는 아이들이 소위 일류 중학교와 일류 고등학교와 일류 대학교에 가는 걸 보지 못했기 때문이었다.

그러나 에듀는 어딘가 다른 점이 있기는 했다. 언제나 눈빛은 맑고 밝았으며 시험이 사람을 가르는 데 악용되기 쉬운 위험한 수단이라는 것을 정확히 꿰뚫고 있는 것 같았기 때문이었다.

치누크는 그에게 걱정스러운 듯이,

"에듀야, 수초 속에서 서성거리지 말고 턱 넘을 준비나 어서 해. 샘물이 솟아 오르는 곳에 가서 멱감고 물장구치던 것도 그만 둬. 어서 웅덩이에 가자. 학교 선생님은 웅덩이 선생님만큼 턱 넘는 방법을 잘 가르쳐 주지 않거든."

하고 말하는 것이었다.

에듀는 치누크를 따라 웅덩이에 가 보았다. 과연 친구들은 선생님들을 따라 허리 비틀기나 물 위로 솟구쳤다가 곤두박질하기, 비스듬히 틈새 지나가기 등을 연습하고 있었다.

한 번도 학교에서 가르쳐 주지 않던 것을 학원에서는 가르치고 있었다. 하도 진지하게 연습에 몰두하느라 에듀가 놀러온 것도 모르고 있었다.

에듀는 흔들렸다. 모두들 저렇게 열심히 턱 넘기 준비를 하고 있는데 자기만 우물안 개구리처럼 철 없이 놀러 다니고 있었던 게 아닐까 하는 생각이 드는 것이었다.

그 동안은 학교 생활에 가끔씩 회의가 들기도 했지만 그래도 친구들이 있어 좋았는데 웅덩이에서 턱 넘기 연습을 하는 걸 보니 슬며시 불안감이 생기는 것이었다. 그러면서도 학교는 그렇다면 왜 그런 걸 가르쳐 주지 않는지 모를 일이었다.

에듀가 보기에 학교 선생님들이 웅덩이 선생들보다 못 가르쳐 줄 리가 없어 보였다. 잘은 모르지만 학교 선생님으로서의 당당한 모습이 웅덩이에 웅크리고서 잘 나올 줄 모르는 학원 선생님들보다는 좋아 보였었다.

그런데 그런 학교 선생님들이 웅덩이 선생들이 무얼 어떻게 가르치는지 잘 알 텐데도 에듀와 그의 친구들에게 그런 연습을 시키지 않는 것이었다.

웅덩이에서는 연습을 효과적으로 시키기 위하여 좁은 틈새나 높은 뜀틀 같은 시설도 갖추어 놓았고 솟구쳤다가 떨어질 때도 몸의 균형을 잃지 않게 하기 위해 체조도 가르쳤다.

그런데 학교에서는 그런 교육을 받아본 적이 없었다. 어떤 선생님들이 친구들을 조용히 불러 웅덩이를 소개해 준다는 얘기를 들은 적도 있었다. 소문이 돌고 나면 그 선생님이 보이지 않다가 얼마 후 웅덩이에 나타나곤 했다. 물론 가르치던 학생들도 함께였다.

그래서 그런지 학교 선생님들은 그런 걸 가르쳐 주는 걸 좋지 않게 생각하는 것 같았다.

에듀는 학원에서 가르치는 그 따위 연습은 필요 없다고 생각해 왔었다.

그런데 실제로 연습장면을 보고 나니 착잡해지는 것이었다. 열심히 연습하는 친구들한테,

"그런 데 갈 필요 없어. 설악이 어쩌구 저쩌구……."

하면서 앞길을 막고 훼방만 놓은 게 아닐까 하는 생각이 드는 것이었다.

에듀는 친구들한테 미안한 마음도 들고 어느 게 옳은지 판단이 잘 서지 않자 당분간 담담한 마음으로 지켜보기로 했다. 그는 자칫하다가는 자신도 망치고 남들도 망치게 할 수도 있다는 걸 깨달았기 때문이었다.

그렇게 생각하니 조금 마음이 편해지는 걸 느끼고 사물들도 새롭게 보이기 시작하는 것이었다.

친구들의 제일 중요한 관심은,

'어떻게 하면 바다로 나갈 수 있는가.'

하는 데 집중되어 있었다. 그들에게 바다는 당연히 찾아가는 곳이 아니라 사선을 넘어야 겨우 발을 들여 놓을 수 있는 금단의 세계였다. 이런 절대적 명제 앞에서 모두가 이성을 잃어 버리고 있는 것처럼 보였다.

에듀가 무엇을 배우고 어떻게 생각하며 무슨 꿈을 갖고 있으며 사회와 국가를 어떻게 바라보고 있는지에 대해서 그토록 관심이 많았는데 비해 친구들은 오히려 그런 데 대하여 아무런 관심도 없는 것 같았다.

에듀가 진정으로 관심을 두는 것에 대해 치누크나 그의 친구들이나 어른들이나 모두가 무관심한 그 차이가 그를 혼란시켰다.

'진정으로 가치 있는 것은 무엇일까. 여울과 시내와 개천과 강에서의 생활은 오직 바다로 가기 위한 준비과정일 뿐일까. 이곳에서 그 자체로 중요한 교육목적 같은 게 없을까. 선생님들은 높은 이상을 품으며 자라야 한다고 말 끝마다 강조하곤 하는데…… 그 이상이란 게 겨우 바다로 나가는 걸 말하는 걸까.'

그는 턱 넘기 연습이 중요하다고 하면 할수록 반발심이 생겨나 제멋대로 돌아다녔다. 그러다가 어떤 선배로부터 재미 있는 얘기를 들을 수 있었다.

지금 턱 넘기 연습을 시키는 것은 훗날 고등학교에서 대학으로 나아갈 때 필요한 것이지 지금 당장에는 필요가 없다는 것이었다. 그러니까 지금 저렇게 웅덩이를 찾아다니고 난리를 치는 것은 당장의 문제 때문이 아니라 먼 훗날의 일을 지레 겁먹고 그러는 것이라는 것이었다.

강과 바다 사이에는 입시라는 턱이 있는데 그게 하도 높아 악명을 떨치고 있으며 그런 소문이 초등학교에까지 퍼져서 저러고들 있다는 것이었다.

옛날에는 개천과 강 사이에 턱이 꽤나 높았었다고 하면서 30년쯤 전의 일이라는 것이었다. 10여 년 동안 그 턱은 견고하게 버티고 있었고 그 바람에 옛날 선배들은 밤잠도 제대로 자지 못했고 수초 사이로 놀러 다니지도 못했고 무거운 가방을 들고 다니느라 키도 제대로 크지 못했고 허리도 휘어지고 마음도 찌그러진 채로 살아가야 했었다는 것이었다.

그래서 강물에 사는 피라미만도 못한 종족이 될 뻔했었다는 것이었다. 그러던 어느 날 누군가가 큰 삽을 들고 나타나 턱을 흔적도 없게 치워 버렸고 그 바람에 다시 선택받은 종족으로서의 기상을 되찾을 수 있었다는 것이었다.

그 때 삽으로 턱을 치웠던 애기가 두고 두고 신화처럼 전해져 왔는데 어떻게 그런 일이 가능했는지 그런 일을 누가 했는지 그 이유가 무엇인지는 아직도 잘 알 수 없는 미스테리로 남아있다는 것이었다.

그러면서 만일 그 때의 비밀을 알 수 있으면 웅덩이에 몰려가서 나올 줄을 모르는 못난 친구들을 구해줄 수 있을 것이라는 것이었다. 그러나 에듀로서도 누가 왜 어떻게 무엇을 위해 턱을 치웠는지 알 수가 없었다. 에듀는 속으로,

'내가 그 이유를 알아볼 것이야. 어쩌면 오늘의 문제를 풀 수 있을지도 모르지.'

하면서 좋은 애기를 들을 것을 기뻐 하였다.

"그 때 턱이 없어지자 좋아라고 기뻐 날뛰었을 것을 생각만

해도 기분이 좋군. 모두들 설악의 기상을 되찾고 몸도 커지고, 자세도 반듯해지고 했다지. 아무렴 그래야지. 턱 주변에 몰려 낙오자를 기다리던 쏘가리 무리들도 다 도망갔다지. 하하. 시원한 얘기야. 아무렴 그래야지."

그는 그들 종족만이 지니고 있는 자부심의 표상인 기름지느러미를 곧추세우고 주먹을 불끈 쥐었다.

"그래, 턱 넘기를 할 게 아니라 턱을 없애야 해. 그게 해결 방안이야. 옛날에도 그런 적이 있다잖아. 그런 걸 내가 할 거야. 이제 할 일이 정해졌어. 내가 턱을 없애 버리고 말 거야. 우리는 설악의 정기가 스며든 눈 녹은 물을 먹고 자랐어. 그리고 우리가 살 곳은 자부심으로 가득 찬 종족들만이 살 수 있는 저 베링해야. 북태평양의 한가운데지. 우리는 그런 곳이 살기에 적당하단 말이야. 이렇게 강과 바다 사이에 턱을 만들어 놓고 괴롭히는 것은 있을 수 없는 일이야. 옛날에 바닷물을 말려 소금을 만들어 먹는 걸 마음대로 못하게 한 적이 있지. 바닷물이 자기 것이기나 한 것처럼 말이야. 그래서 그 넓은 바다를 보면서도 소금이 없어 다들 누렇게 부황이 들었었다지. 아주 일부만 떼돈을 벌어 쌓아 두고 살면서 모두를 괴롭힌 얘기지. 그것과 턱이 다 똑같은 얘기 아냐. 누구나 바닷물을 말려 소금을 만들어 먹을 수 있게 된 것처럼 그리고 턱을 삽으로 퍼내 모두가 자유롭게 강으로 나아간 것처럼 나는 우리 종족들이 자유롭게 바다로 나갈 수 있게 턱을 없애 버릴 거야. 턱을."

그는 자신이 해야 할 일이 무엇인지 알게 되자 오랜 방황을 끝내고 집으로 돌아온 것처럼 마음이 편안해지고 사명감이 새

47

로워지는 것이었다.

그는 수초에서 다 낡아빠진 책이 나뒹구는 것을 주워서 뒤적이다가 우연히 재미 있는 글을 보았다.

그것은 바다보다도 낮은 땅을 국토의 3분의 1이나 갖고 있는 히딩크의 나라 네덜란드에서 국토를 넓혀 가는 얘기였다. 방조제를 쌓고 바닷물을 퍼내고 나면 모래와 갯벌이 섞인 척박한 땅을 얻게 되는데 여기에다가 소나무를 심어 바닷바람도 막고 땅도 비옥하게 하는 것이었다.

그런데 이곳 땅에는 염분이 많아 나무가 잘 자라지를 않는 것이었다. 젊은 달가스는 몇 번씩 시도했다가는 실패하곤 하는 바람에 나중에는 함께 일하던 친구들이 다 떠나가고 혼자만 남게 되었지만 황량한 벌판에서 끝까지 나무심기와 염분 제거하기를 포기하지 않고 거듭해 마침내 바닷바람을 막고 바다보다도 낮은 땅을 옥토로 만드는 데 성공하는 것이었다.

소나무가 처음에는 잘 자라다가 4~5년쯤 지나면 성장을 멈춘다는 것을 알고 소나무와 전나무를 함께 심어 이 고비를 넘긴 후 전나무를 베어 버리면 소나무가 계속 쑥쑥 자라 울창한 숲을 이루는 것이었다.

그 때까지 달가스가 겪게 되는 온갖 고통과 그럼에도 불구하고 뜻을 굽히지 않고 인내하면서 시련을 극복하는 게 에듀에게 감동을 주는 것이었다. 그의 남다른 애국심도 에듀를 감동시켰지만 자신이 하는 일은 굳은 신념이 있어야만 비로소 성공할 수 있고 그러기 위해서는 매사에 신중하면서도 합리적인 생활태도를 지녀야 한다는 것도 알았다.

그런 일을 하다 보면 외로움에 방황하기 쉬워지지만 그럴 때에도 의연한 자세를 유지하는 것이 중요한 것도 알게 되었다. 어쩌면 뜻을 이루기 위해서는 이런 외로움을 꼭 겪어야 되는 건지도 모를 일이었다.

달가스는 바다와 땅을 가르는 턱을 만들고 땅을 지키는 일을 했지만 에듀는 바다와 강을 가르는 턱을 없애고 자신과 친구들과 그의 종족들을 바다로 내보내는 일을 하고 싶었다.

달가스는 턱을 쌓는 일을 했고 에듀는 턱을 허무는 일을 하고 싶었다. 일 자체는 서로 달랐지만 결국 나라를 지키고 종족을 지키고 친구를 지키고 자신을 지키겠다는 건 서로 똑 같았다.

'나도 달가스처럼 일할 거야. 그런 일이야말로 보람 있는 일이 틀림 없어. 쉬운 일은 아니지만 말이야. 도와주지 않겠다면 혼자서라도 할 거야. 나는 그런 일을 하고 싶단 말이야.'

하고 속으로 다짐했다. 그는 친구들에게 말했다.

"우리 힘을 합쳐 턱을 없애자. 지금 당장 턱을 넘어야 하는 건 아니지만 언젠가는 턱을 넘어야 하고 그러기 위해서 다들 웅덩이로 몰려가고 있는데 아예 지금부터 턱을 없애는 계획을 세우자. 생각해 봐. 수초에 놀러 오던 친구들이 거의 다 사라졌단 말이야. 수초 속에 있는 미끄럼틀이나 그네에서 같이 놀던 녀석들, 씨름판에서 씩씩거리며 샅바를 잡고 힘 겨루기를 하던 친구들이 다 사라지고 없단 말이야. 이건 보통 문제가 아니야. 세상에서 제일 좋은 곳을 놔두고 물이 썩고 있는 웅덩이를 더 좋아하다니 말이 되니. 그런데 어른들은 왜 애들이 이런 데 와서 노는 걸 좋아하지 않을까. 그것 참 이상한 일이야. 어쩌다 어른들 얘기를 들어 보면 수초에서 놀지 못하고 크는 게 안타깝대. 그런데 그 말이 진심일까 잘 모르겠어. 어쨌든 우리 너무 심심하다. 그지. 그 이유가 다 턱이 있기 때문이야. 턱이 없다면 이 수초는 정말 우리 모두를 위한 우리들의 낙원이 될 게 틀림없어. 그렇게 되게 하자. 턱을 허물도록 하자. 우리 모두 힘을 합치자."

하고 간곡히 친구들을 설득했다.

친구들은 어떻게 해야 좋을지 판단이 잘 서지 않았다. 모두들 웅덩이로 몰려가는 판국에 거기에 같이 가지는 못할 망정 턱을 허무는 계획을 세우는 일에 동참하라고 하는 에듀의 말이 옳은 건지 아닌지 알 수가 없었기 때문이었다.

그러나 턱이 있으므로 해서 웅덩이가 생겨났고 그래서 턱을 넘는 법을 배울 수 있을까 하고 물이 썩고 있어도 어쩔 수 없이 몰려가고 있는 것도 틀림 없는 사실이었다. 턱은 수초를 텅 비게 하고 웅덩이를 복작복작하게 만드는 주범이었다.

쉬리 선생은 그의 얘기를 듣고,

"턱을 없애자구? 그래 그게 이곳 생활을 재미 없게 하는 건 맞는 말이야. 그렇지만 과연 그걸 없앨 수 있을까. 지금도 그 옛날 개천과 강 사이에 있던 턱을 없앤 것도 그 때 그 곳에 살던 물고기들이 힘을 합쳐서 허물어 버린 것이 아니고 산신령처럼 알 수 없는 자가 삽자루로 푹 떠내 버려 없어진 건 줄 다 잘 알고 있는데 힘을 합친다고 없앨 수 있을 것 같아. 차라리 이제라도 천지신명에게 부탁하는 게 낫지."

하고 에듀에게 냉소하듯이 말하는 것이었다.

쉬리 선생과는 얘기가 되지 않았다. 그러나 에듀에게 있어 턱은 없애야 하는 것이었다. 그는 좋은 방안이 있다고 하면서 친구들을 수초에 모이게 했고 미리 준비해 둔 쪽지 하나씩을 나눠 주었다.

친구들은 에듀의 얘기를 유심히 들었다. 그리고 나서 수초를 빠져 나왔다. 에듀와 그의 친구들의 입에는 쪽지가 물려 있었고 집이건 학교건 웅덩이건 미끄럼틀이건 눈에 잘 보이는 곳에 전단지를 붙였다.

"우리는 물고기처럼 자유롭게 살고 싶다."

"숙제가 태산처럼 무겁다."

"턱이 악의 근원이다."

개천에서 일어난 턱 없애기 운동은 에듀와 그의 친구들이 선생님들에게 불려가 호된 꾸지람을 듣고 비늘도 한 개씩 뽑히고 다시 한 번 그런 일이 있으면 기름지느러미를 흠집내겠다는 경고를 받고 나서야 진정되었다.

좋은 의미에서 시작한 운동이라고 생각했는데 결과는 뜻밖에도 강력한 반발을 불러 온 것이었다. 공부 덜 해도 바다로 나갈 수 있다는 걸로 오해 되어 소문이 순식간에 퍼져 나갔고 이를 막기 위해서는 고단위 처방이 필요하다고 종개 교장과 꺽지 원장 사이에 의논이 되고 이를 학부형들에게 통보하고 강력히 대처했기 때문이었다. 그런 사정은 한참 후에 알게 되었고 당장은 혼쭐이 나 다들 어리벙벙하였다.

치누크가 에듀에게 진심 어린 얼굴로 말했다.

"우린 3센티 밖에 안 되는 개천에 사는 작은 물고기일 뿐이야. 과대망상에 빠졌단 말이야. 될 일을 두고 걱정을 해야 하는 거 아냐. 전단을 뿌리고 스티커를 붙여서 될 일이 아니야. 턱을 넘으면 다 해결될 것 같은데 왜 그리 걱정이니? 나는 네가 걱정된다. 우리는 친구니까 너를 걱정해 주는 거지 그렇지 않으면 아무런 관심도 없었을 거야. 우리는 지금 해야 할 일들이 많아. 무엇보다도 학교 공부 열심히 해야 하고 모자라는 게 있으면 웅덩이에 가서 더 배워야 해. 그래서 세 군데나 네 군데 웅덩이로 가는 애들도 있는 거지. 네가 수초 속을 돌아다니며 재미 있게 놀다 보니까 턱을 없애자는 생각이 들었을 거야. 그렇지만 그건 망상일 뿐이야."

그러나 턱을 없애야만 한다는 에듀의 생각은 바뀌지 않았다. 그러기에는 에듀의 신념이 너무 강했다. 모두가 반대한다고 해도 물러서지 않을 만큼 에듀의 의지는 강렬했다.

"턱을 넘기만 하면 된다고? 그 말은 맞지. 그러나 그렇게 쉽게 넘을 수 있는 턱이라면 저렇게들 난리들일까. 그리고 모두들 쉽게 넘을 수 있게 되면 쏘가리 같은 무리들이 턱을 더 높게 쌓으려 할 거야. 그러니까 절대로 모두가 다 턱을 넘게 내버려 두지는 않을 거야. 반 가까이가 넘지 못할 거라는 건 맞는 말일 거야. 치누크, 너도 그래서 웅덩이에 가는 거 아냐. 괜히 넘기만 하면 되는 가벼운 문제인 것처럼 진실을 호도하지 말아. 이건 확실히 종족의 생존에 관계되는 문제란 말이야."

하고 자신의 생각을 되도록 명확히 말하려고 애썼다. 그러다가 치누크에게 너무 심하게 얘기한 게 아닌가 싶기도 하였다.

왜냐하면 다른 친구들은 웅덩이에 등록하고 나서 수초로 영 오지 않는 게 대부분이었지만 치누크는 틈틈이 수초로 찾아왔고 여울에 있을 때부터 함께 바다로 나가 큰 일을 하자고 굳게 약속한 사이이기 때문이었다.

"치누크야, 너는 개천으로 넘어온 후로 모두 몇 번이나 수초에 왔었니? 이곳이 얼마나 꿈과 낭만이 가득 찬 곳인지 알기나 하니? 어쩌다 들러서는 잘 몰라. 우리는 밤새도록 얘기하면서 서로의 꿈을 키우고 있어. 밖에서 보면 그냥 놀기만 좋아하는 건달들로 보일지 모르지만 그건 모르고 하는 소리야. 우리 같은 어린 시절에는 꿈을 가꾸는 것만큼 소중한 일은 없대. 우리에게는 수초 같은 아늑한 공간과 학교수업 끝난 후의 자유로운 시간만 있으면 돼. 억지로 꿈을 가꾸라고 얘기할 필요도 없어. 저절로 꿈을 꾸면서 크게 돼 있어. 문제는 그런 시간과 공간이 반드시 있을 때에만 꿈은 영글게 되는 거야. 웅덩이에 가는 친구들이 무슨 꿈을 꾸겠어? 책 볼 시간은 있어도 꿈꿀 시간은 없을 거야. 물론 웅덩이 같은 데서 썩은 물이나 마시면서 말이야. 우리는 친구들에게 그런 꿈을 위한 시간과 공간을 마련해 주기 위해서도 턱은 없어져야 한다고 생각해. 우리 친구들이 수초에서의 생활도 제대로 즐겨 보지 못하고 바다로 나간다면 얼마나 슬픈 일이겠니? 그리고 다시 한 번 말하지만 우리 종족들은 다 바다로 나갈 수 있어. 꿈★은 이루어지는 거야. 반 밖에 나갈 수 없다는 건 바다의 풍요를 모르고 하는 소리고 우리 종족의 우수성을 모르고 하는 소리야. 너는 그런 믿음이 없어 보여 안타깝구나. 그렇지만 이제라도 내 말을 잘 생각해 보렴."

하고 말했다.

치누크가 우정 어린 충고를 에듀에게 한 것처럼 에듀도 최선을 다해 그의 진정을 치누크에게 전해 주고 싶었다. 그러나 개성이 강하고 생각이 다른 에듀와 치누크는 더 이상 둘 사이에 오늘과 같은 우정 어린 대화는 없을 것 같은 예감이 머리를 스치고 지나갔다. 한 동안 서로 말이 없다가 치누크가 말했다.

"네 얘기는 내가 좀 더 생각해 보겠다. 그러나 오늘 이 말 한 마디는 꼭 하고 싶어. 세상은 웅덩이를 없앨려는 자들보다 수초를 엎어 웅덩이를 만들려는 자들이 더 많아. 돈 밖에 모르는 자들을 어떻게 설득할 수 있겠어. 턱은 돈을 만들어내고 있어. 그것도 네가 상상할 수도 없을 만큼 큰 돈을 만들게 하고 있단 말이야. 너는 돈의 위력을 알고 있니? 너무 긴 얘기할 것 없다. 세상을 좀 더 잘 살펴 보자는 뜻이야. 어쨌든 우리 우정은 변치 말자."

하고 가슴지느러미를 내밀어 악수를 청하는 것이었다.

에듀도 가슴지느러미를 내밀어 하이파이브를 했다. 치누크의 말 속에는 우정과 대결의식이 함께 담겨 있었고 그건 에듀도 마찬가지였다. 턱은 둘 사이마저 갈라놓고 있었다.

4 강

에듀와 그의 친구들은 개천에서의 생활을 마감하고 강으로 나아갔다. 개천과 강 사이에는 아무런 턱이 없었다. 그 옛날 이곳에 그토록 높은 턱이 있었다는 게 믿어지지 않을 정도였다. 그 자리에는 조그마한 기념비가 놓여져 그 때를 기념하고 있었다.

'1968년 7월 15일에 바람과 함께 사라지다.'

누가 왜 무엇 때문에 그렇게 비를 세웠는지 아무런 설명이 없어 아쉬웠지만 아리랑고개보다 더 높은 눈물고개가 사라진 것만은 틀림 없는 사실이었고 에듀는 이 비문을 눈여겨보면서 넘었다. 대부분의 친구들은 비문에 아무런 눈길도 주지 않았다.

친구들이 웅덩이에서 고인 물을 많이 마셔 여울과 시내를 거쳐 올 때만큼 기상이 청청하지는 못했지만 설악의 정기가 녹아든 눈 녹은 물을 마시고 자란 선택받은 종족으로서의 자부심이 아직까지는 그런 대로 남아 있었다.

고개를 들어 하늘과 산과 들과 바위를 쳐다보며 심호흡을 하고 생각을 가다듬는 폼이 비록 4cm 밖에 안 되는 새끼들이었지

강 가운데에 학교가 있었고 멋진 꽃들로 교문이 장식되어 있었다.

'입학을 축하합니다.「중학교＝미들스쿨」'

모두들 강에서의 새로운 생활에 기대가 부풀어 있었다. 턱을 넘지 않고 쉽게 제 힘으로 넘었고 낙오자도 없어서 그런지 다들 여유가 있어 보였다. 흰 구름이 두둥실 흘러가고 있었고 먼 산들도 아지랑이로 가물가물했다. 넓은 들판에는 종달새가 지지배배 울면서 하늘로 치솟고는 했다.

"여기는 개천보다 훨씬 넓고 수초도 울창하구나. 강이 좋아라."

하고 에듀는 콧노래를 불렀다. 친구들도 강이 좋은 나머지,

"강에 살리라."

하고 합창을 하는 것이었다. 바다로 나가야 한다는 지상 명령을 순간이나마 깜박한 셈이었다.

에듀는 새로운 환경에 마음이 설레면서 중학교 생활을 설계했다.

"먼저 친구들을 많이 사귀어야지. 다음으로 이곳 저곳 많이 다녀 봐야지. 그래서 견문을 넓힐 거야. 영어 공부도 열심히 하고 컴퓨터도 잘 배워둬야지."

그는 신입생다운 포부를 새기면서 치누크와 함께 여기저기를 들락거렸다. 수초 가장자리를 따라 넓은 강을 길게 오르내리기도 하고 개천보다도 더 깊게 패인 웅덩이를 보면서 적개심을 드러내기도 했다.

역시 강에도 온갖 종류의 웅덩이로 가득했는데 크기도 했고 깊기도 했고 썩은 냄새가 풍겨 오기도 했다. 친구들은 서로 뒤질세라 웅덩이로 몰려가 선착순으로 등록했지만 에듀는 학기초라 섣불리 시비를 걸지는 않고 물정을 익히는 데 중점을 두었다. 치누크와 같이 비디오 방에 가서 피시게임에 몰두할 때면 아무런 사회의식도 갖지 않은 다른 친구들과 똑 같은 한 마리의 작은 물고기처럼 보일 뿐이었다.

학교에서 봄 소풍을 갔고 선생님은 물길을 따라가면서 노래를 가르쳐 주었다.

"백두산은 갈아서 없애고
두만강은 마셔서 없애네
남아 나이 스무살에 나라 편히 못하면
후세에 그 누가 대장부라 하리오."

에듀와 친구들은 동사리 선생의 선창에 따라 목청껏 크게 노래 불렀다.

옛날 남이 장군이 나이 16세에 대장군이 되어 국경을 수비하고 있을 때 오랑캐들이 쳐들어오는 걸 막으면서 나라를 편히 하고자 하는 마음을 시로 읊은 것이었다.

에듀가 생각하기에 처음에는 남이 장군이 어린 나이에도 대장군이 되어 나라를 위해 큰 일을 했는데 자신은 비디오 방이나 가고 친구들과 숨바꼭질이나 하며 노는 게 부끄럽게 생각되기도 했지만 다시 생각해 보니 이렇게 소풍도 가고 수초 속을 뛰노는 것도 꼭 필요할 것 같다는 생각이 드는 것이었다.

그러자 다시 밝은 마음이 되고 목소리는 더욱 커지는 것이었다. 에듀는 동사리 선생님이 깜짝 놀랄 만큼 큰 목소리로 남이 장군 노래를 부르고 부르고 또 불렀다. 속으로 자기도 남이 장군처럼 세상을 편하게 해 주는 자가 되겠다고 다짐했다.

그의 목은 거의 쉴 정도가 되어 있었고 얼굴은 붉게 상기되어 있었으며 울음이 터져 나올 것만 같았다. 이런 에듀의 모습은 동사리 선생과 치누크를 비롯한 그의 친구들에게 깊은 인상을 남겼다.

학교생활은 대체로 단조로운 편이었다. 공부와 시험의 끝 없는 반복이었는데 시험이 더 많은 것 같았다. 처음에는 수업이 많은 것 같더니 슬금슬금 수업과 시험이 병행되고 조금 후에는 아예 시험이 학교생활의 중심이 되는 것이었다.

공부와 시험이 특별히 구분되지 않거나 시험이 곧 공부인 걸로 간주되고 있었다. 그래서 어떤 경우에는 아무 것도 가르쳐 주지 않은 것들만 가지고 시험보기도 했다.

"선생님, 가르쳐 주지도 않고 어떻게 시험을 칠 수 있어요?"

하고 물어보면,

"다들 답을 잘 써내는데 너만 모르고 있구나. 거 참 이상한 일이구나. 어쨌든 문제 풀이하면서 답을 알게 되었으니 그럼 됐잖아. 아무려면 어떠니. 시험치는 과정에서 배우게 되는 것도 많고 언제든지 꼭 알고 있는 데서 문제가 나오는 것도 아니잖아. 너희들은 결국 시험으로 경쟁하는 거니까 수업보다도 시험으로 배우는 게 효과적일 수도 있어. 에듀야, 너는 예습을 안 하는구나. 수초에서 노는 것밖에 모르구 말야. 그래서는 안 되지. 다른 친구들처럼 예습을 해 와. 웅덩이에는 왜 등록을 안 하구 학교에 와서는 불평을 하니? 다들 아뭇소리 안 하고 열심히 공부 하는데 말야."

하고 오히려 에듀를 타이르는 것이었다.

친구들도 대부분 시험이 화제였다. 국어 시험이 어떻구, 수학 시험은 몇 점 받았구, 영어 시험은 누가 잘 봤다든지 하는 게 관심사항이었다. 시험 성적이 나쁘게 나온 친구들은 기름지느러미가 축 처졌고 성적이 좋은 친구들은 기름지느러미가 빳빳했다. 친구들 간에도 시험 성적에 따라 패가 갈리고 있었으며 학교 선생님들은 반 편성도 시험 성적에 따랐다.

시험 성적은 학교생활의 성공과 실패를 측정하는 가늠자처럼 보였고 누구도 시험을 왜 이렇게 많이 봐야 하는지에 대해서 이의를 제기하지 않았다. 시험이 무엇을 측정하고 얼마만큼 측정하는지에 대해서도 관심이 없었고 그건 메기 교장도 마찬가지였다.

네 가지나 다섯 가지 중에서 세 가지나 네 가지를 찍는 것도 많았다. 수십년 간 오지선다형은 그 방식의 공정함을 자랑하고 있었다. 어쩌다 구술이니 논술이니 실기니 수행평가니 해서 찍기 아닌 방식을 섞긴 했지만 그거야말로 구색을 갖추는 데 불과했다.

무엇을 가르쳐 주는지 내용을 들여다보면 실망스럽기 그지 없었다. 책도 두껍고 문제도 어렵고 까다로워 보였지만 그런 건 오직 시험을 위한 것일 뿐 실제적으로 필요한 것들은 아니었다. 비현실적이고 단계에 맞지도 않고 어쩌면 살아가면서 한 번도 써 보지 못할 것들 뿐이었다.

지구를 가르쳐 준다면서 운동장이 지구 표면이라는 걸 느껴 보게끔 땅을 발로 짓이겨 보게 하거나 물구나무서서 두 손으로 들게 하지도 않는 것이었다. 수면 위로 뛰어올라 둥글게 휜 걸 보여주며 지구가 공같이 생겼다고 가르쳐 주려는 선생도 없었다.

눈으로 해와 달과 별의 운행을 비교하면서 지구의 자전과 공전을 이해하게 해 주려는 선생님도 없었다. 육안으로도 아름답게 보이는 토성의 띠와 목성의 달들을 아무도 보여주지 않는 것이었다. 해 따로 별 따로 지구 따로 학교 운동장 따로 있는 셈이었고 지구 표면은 책갈피에 고이 간직되어 있었다.

이처럼 현실과 동떨어진 수업은 수학에서 특히 심했는데 아무리 그림 그리기를 좋아하고 노래 부르기를 좋아하고 시를 짓기를 좋아하고 가난한 이웃을 돕기를 좋아해도 미분과 적분을 풀어야만 했다. 미분과 적분과 순열과 조합을 모르면 시인이 되기도 어려울 지경이었다. 왜냐하면 바다로 나가기도 전에 쏘가리 무리에게 잡혀 먹히고 말 테니까.

신문과 방송에서도 열린 교육을 해야 한다고 하지만 학교 교육은 닫힌 교육만 하고 있었다. 자신의 생각을 말이나 글로써 표현할 기회를 주지 않아 자기 의사 표현을 미숙하게 하거나 부정확하게 하고 있었고 대부분의 학생들이 수학에 녹초가 되어 있었지만 고등수학이 지능발달에는 도움이 되니 계속해서 배워야 한다는 것이었다.

반수 가까이가 영점을 맞아도 수학 선생은 꿈쩍도 않았다. 에듀는 이곳에서 배운 것은 턱 넘기 위해서만 필요한 것이지 턱을 넘기만 하면 파도에 다 씻겨 버릴 그런 것들이라고 생각했다.

"바다로 나가기만 하면 무가치로 전락해 버리는 이런 류의 학습은 소용 없는 것이야. 선생님들은 그런 걸 알고 있을까 모를까. 아마 알고 있을 거야. 왜냐하면 우리들에게 가르치는 것들도 가르치기 위해서 있는 것뿐이지 실제로 쓰임이 있는 건 아니니까 말야. 영어 선생님이 문법을 학교에서 가르치지만 그런 문법을 언제 한 번 쓸 일이 있을까. 수학 선생도 마찬가지지. 정말 훌륭한 선생님은 목수 같아야 해. 농부 같아야 하고. 그래야 진짜를 배우지. 우리는 그런 살아 있는 교육, 살아 숨쉬는 교육을 받지 못한 채로 자라고 있어. 이웃도 모르고 자신도 모르는 채로 무턱대고 앞으로 나가기만 하고 있는 거지."

하고 우리 교육에 대한 불만을 친구들에게 토로했다.

에듀에 의하면 이런 현상의 최대의 이유는 턱이 있기 때문이었다. 세상이 모두 턱 얘기로 지새고 있었는데 그건 턱을 어떻게 넘을 것인가 하는 것이었지 턱 때문에 세상이 힘들어졌으니 턱을 없애야 한다는 건 아니었다. 그 옛날 턱을 없앴던 일은 신화가 되어 희미하게 구전될 뿐이었다.

그는 친구들이 점점 자기 곁을 떠나 사라지는 것을 보고 안타까웠다. 한 때 수초 속에서 서로 이상을 얘기하고 우정을 나누며 멀리 북태평양까지 함께 가자고 다짐을 했건만 언제 그랬냐 싶게 그를 피해 도망치듯이 웅덩이로 숨어 버리는 것이었다.

어쩌다 에듀를 만나기라도 하면 변명을 늘어놓기가 십상이었다. 자기는 수초에서 놀고 싶은데 선생님이나 선배들이나 형들 때문에 그렇게 할 수 없다는 것이었다. 가뭄에 콩 나듯이 수초로 찾아드는 친구들이 몇몇은 있었는데 열린 교육이 좋아서 온

게 아니었다. 이미 학교 공부에 흥미를 잃고 턱 넘기를 포기한 것이었다. 턱 넘기를 포기한다는 것은 그들이 꿈을 버리고 이상을 버리고 낭만을 버리고 사랑을 버린다는 것을 뜻했다.

에듀는 가슴이 아팠다.

"어이, 친구들, 우리는 그렇게 허약한 종족이 아니야. 턱을 허물어 버리면 될텐데 그런 노력들은 안 하고 그렇게 쉽게 자포자기하다니. 턱을 넘으려면 아직 멀었어. 여기는 강이고 턱은 하구와 바다 사이에 있어. 정 그렇다면 이제부터라도 턱 넘을 준비를 열심히 해야지 준비도 안 하고 턱 허물 생각도 안 하고 그러면 그게 뭐야. 자기, 정말 설악의 정기를 받은 게 맞아?"

하고 질책을 했다.

그러나 친구들은 에듀의 우정 어린 설득도 귀에 들어오지 않았다. 몇몇이 작당해 웅덩이에서 수업을 끝내고 나오는 친구들을 따라가다가 으슥한 골목에서 괴롭히는 게 재미였다.

"웅덩이에 다니는 녀석들, 골탕 좀 먹어 봐라. 너희들은 턱 넘는 데 정신이 팔려 있지만 의리가 있어야 우리 종족이야. 너희들은 의리가 없어. 친구들에게 문제지도 안 보여주고 공부도 몰래몰래하고 같이 놀지도 안 잖아. 그러니 따끔한 맛을 봐야해."

그러면서 옆구리를 쿡쿡 쥐어박는 것이었다. 이런 짓을 하는 걸 알게 된 에듀는 크게 개탄했다.

"턱은 우리 종족들을 허약하게 만들고 도덕적으로도 타락하게 만들고 있어. 턱을 넘겠다고 하는 친구들에게도 그렇고 넘는 걸 포기한 친구들에게도 그렇고 모두들에게 재앙을 안겨 주고 있어. 정말 큰 일이야. 그러다가는 턱을 허물고 바다로 나가게 해 주어도 물개나 바다사자에게 다 잡혀 먹힐지도 몰라. 턱을 허무는 것만이 능사가 아니야. 어떻게 해야지. 모두가 죽을지도 모르는 이 일을 어떻게 해야 한단 말인가.”

에듀는 어린 마음에 수초로 찾아드는 친구들이 나쁜 짓을 하는 걸 보고 의협심이 일다가 그만 이 세상을 개탄하는 데까지 이른 것이었다. 어린 에듀의 시각으로 볼 때 세상은 희망이 없어 보였는데 세상은 에듀의 마음을 아는지 모르는지 그런 대로 변함 없이 굴러가고 있었다.

강에는 큰 바위덩이가 물 위로 솟아있기도 했는데 그 주변에는 소용돌이가 생기곤 했고 강물에 사는 버들치, 버들개, 자가사리, 열목어, 둑중개, 미유기, 어름치, 배가사리, 새코미꾸리, 꼬치동자개, 돌상어, 꾸구리, 감돌고기, 눈동자개, 산천어 같은 다른 종족들은 이런 소용돌이를 두려워 했다. 그렇지만 섀면 종족들은 이런 곳을 아주 좋아했다. 왜냐하면 턱 넘는 연습을 하기에는 이런 곳이 안성맞춤이었기 때문이었다.

물결을 따라 주위를 빙빙 돌거나 역류하거나 솟구치거나 곤두박질하거나 심지어 턱을 넘는 데는 필요 없는 엄폐 은폐까지도 연습해 보기에 아주 적당했다. 그런 위장술은 어쩌면 턱 넘는 데 실패했을 때 턱 주변에 몰려 있는 쏘가리 무리를 속이기 위해 필요한 것이었다.

에듀도 소용돌이를 좋아했는데 꼭 턱을 넘기 위해서는 아니었다. 천성적으로 그런 곳이 놀기에 좋았기 때문이었다. 수초를 들락거리며 노는 것도 좋지만 때로 이런 바위 주변에 생겨나는 소용돌이는 긴장감도 주고 쾌감도 주었다. 술래잡기에도 그만이었다.

강물에는 여러 개천들이 맞닿아 있었는데 이런 곳에는 특히 산천어들이 많이 살고 있었다. 에듀는 그들로부터 재미있는 얘기를 많이 듣곤 했는데 느낌으로 보아 바다를 몹시 두려워 하고 있는 게 틀림 없었다. 그들은 바다에서 살고 있을 때 해일이 일면서 바다가 하늘로 치솟는 걸 보고 기절초풍한 적이 있으며 그 후로 모세 같은 지도자를 만나 강으로 피신해 들어와 살고 있다는 것이었다.

에듀가 산천어에게 아무리 바다가 넓고 먹을 것이 풍부하고 탁 트인 세상이라고 말해 줘도 잘 들으려 하지 않았고 바다는 그 이상으로 위험한 곳이라는 소신을 굽히지 않았다. 어쩌면 그들은 바다라는 말을 위험이라는 말과 같은 뜻으로 쓰고 있는 것 같았다. 그 곳이 자유로운 곳이며 기회가 많고 평화로운 곳이라고 말해 주면 그들은 잡혀 먹힐 가능성도 많고 평화롭지도 않고 힘만 드는 곳으로 정반대로 해석하는 것이었다.

그들에게 있어 바다는 고해였다. 만일 그들에게 바다에서 살 자유를 주더라도 그것을 포기하고 강에서의 통제와 규율과 기획과 질서를 예찬하며 살 것 같았다. 에듀는 산천어에게 바다를 버리고 육지에 갇혀 사는 못난 놈이라는 뜻으로 육봉어라고 이름 붙여 주었지만 산천어는 부끄러운 줄도 모르고 산이 좋고 개천이 좋다는 걸 고집스레 주장하는 것이었다. 바다는 위험한 곳이고 자유는 더 위험한 그 무엇이었다. 피라미, 갈겨니, 붕어, 참마자, 돌고기, 참종개, 기름종개, 동자개, 밀어, 각시붕어, 물

납자루 같은 물고기들도 대부분 산천어와 뜻을 같이 했다.

에듀가 버들치 같은 무리에게 자유에 대해서 물어보면,

"어떻게 수천 년 동안 강물에 살면서 만들어낸 질서를 깨뜨릴 수 있겠는가."

하고 반문했다. 그들에게 있어 질서는 스스로 만들어낸 것이 아니고 주어진 것이었다. 말로는 오랜 세월에 거쳐서 만든 것이라고 했지만 실은 그들의 힘으로 어떻게 해 볼 수 없는 거대한 법칙 같았다.

턱도 그런 걸까. 산천어나 버들치 같은 무리들은 바다를 두려워 했고 섀먼 종족들은 턱을 두려워 했다. 비록 지금은 그래도 반 수 가까이는 넘는다고 하니 그런 대로 다행이지만 오랜 세월이 지나면 산천어가 말한 것처럼 턱이 하나의 거대한 질서로서 설악의 정기가 녹아든 눈 녹은 물을 먹고 자란 섀먼 종족들을 바다로 나갈 수 없게 영영 가두어 둘지도 모를 일이었다.

자유를 두려워 하는 산천어나 버들치 무리를 딱하게 여기던 에듀는 자신의 종족도 그들과 별로 다른 게 없구나 하는 생각이 들자 심한 자괴감이 드는 것이었다. 정말 섀먼 종족들이 턱으로 인해 강에 갇히어 산천어 신세가 될 것도 같았다.

영원히 날지 못하는 쪽지 떨어진 새 같은, 세상 구경 한 번 못하는 우물 안 개구리 같은, 불쌍한 산천어 같은 그런 신세가 될지도 몰라 처량한 기분이 드는 것이었다. 기름지느러미의 기상은 온데 간데 없이 사라지고 말았다.

"그렇다면 설악이 우리에게 명령한 건 다 뭐야. 설악이 우리를 속인 걸까. 그럴 리가 없어."

에듀는 머리를 수면 위로 내밀어 바라보았다. 그 곳에 설악
은 그렇게 의연히 있었다.

"에듀야. 아무 염려 말아라. 너희 종족은 다 바다로 나갈 수
있다. 나의 정기가 스며든 눈 녹은 물 내음을 따라 가기만 하면
된다. 턱이 너희들을 시험하고 있구나. 턱은 원래 없었던 것이
야. 그런데 쏘가리 무리가 모래부지와 합작으로 아무도 모르게
자갈과 모래를 물고 와 쌓아 놓고는 너희들에게 넘는 시험을 보
게 하는 거야. 턱은 없었던 것이지. 그래서 다른 나라의 젊은이
들은 그런 턱을 모르고 바다로 나가지. 턱 쌓는 걸 잘 보면 허
무는 방법을 쉽게 알 수 있어. 해마다 입시요강을 바꾸면서 다
양하고 복잡하고 어렵게 하는 게 다 턱을 높이는 거지. 네가 턱
을 허물기를 바란다."

설악이 차분하면서도 따뜻하게 선택받은 종족으로서의 사명
감과 기개를 새면 에듀에게 일깨워 주는 것이었다.

에듀는 설악의 음성을 듣고 그 동안의 온갖 회의가 일시에 사
라지는 것을 느꼈다. 자신도 모르게 기쁨의 눈물이 솟아 나왔다.

"그래, 내가 턱을 허물 거야. 반드시 턱을 허물고 그 허물어
진 모습을 꼭 보고 말 거야. 우리는 그렇게 할 수 있단 말이야.
우리는 산천어나 버들치 같은 무리가 절대 아니야. 설악의 정
기가 스며든 눈 녹은 물을 먹고 자랐어. 빗물 마시고 자란 종족
과 어떻게 같을 수 있어. 어서 넓은 바다로 가 마음껏 뜻을 펼
치며 살고 싶어. 내 뜻은 누구나 자유롭게 살게 해 주는 거야.
자유만큼 소중한 게 어디 있어. 그런데 턱이 자유를 빼앗고 있
어. 그렇지만 이제는 그 비밀을 알았어. 설악이 가르쳐 주었지.

입시요강이라는 게 바로 턱이고 해마다 그걸 바꾸는 게 턱을 높이는 거야."

그는 턱을 허물기 위해서는 실력을 충분히 쌓아야 한다고 생각하고 견문을 넓히고 독서를 많이 했다. 틈만 나면 동서양의 고전들을 구해서 읽었다. 사마천의 사기나 헤로도투스의 역사 그리고 푸르타크 영웅전 같은 것을 즐겨 보았다. 역사란 전쟁이라는 홍역을 치르면서 발전하는 것이라는 것도 알았고 전쟁의 종류도 왕위계승 전쟁이나 영토확장 전쟁 혹은 종교 전쟁이나 민족 전쟁 같은 것들이 대부분을 차지한다는 것도 알게 되었다.

그런데 역사 속에는 전쟁보다 더 크게 영향을 미치는 것도 있는데 그게 혁명이라는 것도 알았다. 그가 즐겨 보던 사기 같은 역사서들은 전쟁을 다루었지만 혁명은 자세히 다루지 않고 있어 잘 몰랐는데 알고 보니 혁명은 태풍처럼 한 순간에 나타나 모든 것을 싹 쓸어 가는데 그 영향력이 어마어마한 것이었다. 전쟁보다 더 강력한 것이 있다는 게 재미 있기도 했다. 그래서 혁명이란 무엇인가 하는 것에도 관심을 두기 시작했다.

그런 가운데 종교혁명이나 산업혁명이 어떻게 세상을 변화시켰는지도 알게 되었고 프랑스 혁명이나 러시아 혁명사를 읽으면서 사회란 저절로 주어지는 게 아니라 그 구성원들이 만들어 나가고 맘에 안 들면 고치고 바꾸고 폐기하고 새로 만들기도 하는 대상일 뿐이라는 것도 알았다.

누군가가 사회의 질서란 하늘이 만들어준 것이라고 했고 그래서 그런지 대부분은 그렇게 알고 있었지만 혁명사를 읽어 보니 전혀 그 반대이었다. 사회란 그 구성원들의 뜻이 모여 만든 것이고 그래서 잘못이 있으면 언제든지 바꿀 수 있는 것이었다.

에듀는 턱이란 쏘가리 무리가 모래무지와 야합해서 만든 것이고 강물에 사는 물고기들이 힘을 뭉치기만 하면 파헤쳐 버릴 수 있는 것이라는 믿음이 더욱 굳어졌다.

"턱이란 사회적 장치고 그게 잘못된 것이라면 언제든지 고칠 수 있는 거야. 프랑스 혁명처럼 나도 혁명을 해야지. 그러면 모두가 바다로 나갈 수 있을 거고 새로운 세상에서 자유롭게 살게 될 거야. 생각만 해도 신나는 일이야."

전쟁이나 혁명은 에듀를 흥분시켰다. 탐욕과 애증으로 가득 찬 존재들이 엮어내는 역사에 대한 그의 관심은 흥미진진 바로 그것이었다.

며칠 밤을 새면서 읽고 또 읽어도 지루한 줄을 몰랐다. 세상은 놀랄 만큼 복잡했으나 그 속을 일관되게 꿰뚫고 있는 게 있었으니 그건 구성원들의 자유에 대한 그칠 줄 모르는 관심과 욕망이었다. 자유는 겉으로 드러나는 경우는 드물었으나 모든 전쟁과 혁명에 빠질 수 없는 핵심 요소였고 때로는 직접적으로 자유를 위해서 나서기도 하는 것이었다.

에듀와 그의 무리들이 한 순간도 잊지 못하고 바다로 나가기 위해서 집념을 불태우는 것도 결국은 자유를 찾기 위해서임도 역사를 공부하면서 알게 되었다. .

에듀는 자신이 전사나 혁명가가 된 기분이었다. 가슴 속 저 깊은 심연 속에서 끓어 오르는 뜨거운 피는 그를 미치게 했고 자신을 주체하지 못한 에듀는 정신 없이 수초 속을 헤집고 다

넀다. 그의 몸에 부딪친 갈대 숲은 부르르 떨었고 그 파장이 퍼져 나가면서 강은 한바탕 시끌벅적했다.

놀란 친구들도 제자리에 가만히 있지 못하고 이리 저리 돌아다니면서 무슨 일이 일어났는지 알아보느라고 법석이었다. 에듀가 실성한 것처럼 아무나 물고 받고 치고 해서 일어난 건지를 안 건 한참이 지나고 나서였다. 큰 놈도 적은 놈도 가리지 않고 비늘도 뽑고 수염도 건드려 보고 하는 모습이 평소의 에듀라고는 상상이 가지 않을 정도였다.

모두들 에듀가 실성한 게 아닌가 걱정했다. 그렇지만 에듀의 가슴 속에서 끓어 오르는 주체하기 어려운 뜨거운 혁명의 기운을 눈치챌 수는 없었다.

그는 혼자서 기운이 지칠 때까지 강을 휘저으면서 돌아다니고 바위에 머리를 부딪치기도 했다. 그의 몸은 상처 투성이가 되었고 자칫 몸져 누울 정도가 되어 수초 속으로 돌아왔다. 에듀에게 있어 이 세상은 더 이상 꽃 피고 새가 우는 아름다운 낙원이 아니라 도전하고 뜯어 고치고 극복하고 승리해야만 하는 곳이 되었다.

깊은 밤 홀로 수초를 나와 수면 위로 몸을 두둥실 떠올렸다. 창공에 높이 솟은 보름달은 이 세상을 포근하게 감싸주는 안식의 달이 아니라 이 세상의 고통과 질병과 기아와 절망을 사주하는 음흉한 미소 같게만 보였다.

달은 어린 에듀의 처절한 정신적 방황과 분노와 흥분을 꿰뚫어 보고 있었고 속내를 들킨 것 같은 기분에 기가 질린 에듀는 수초 속으로 돌아오고 말았다. 전쟁과 혁명은 그의 목숨을 요구하고 있었다.

그는 하루 낮과 하루 밤 동안 심한 열병을 앓으며 보냈다. 정신이 혼미해지며 사선을 넘나들다가 겨우 기운을 회복했다. 수초 밖을 나오니 이전의 세계와 모습은 그대로였으나 그에게 느껴지는 세상은 이미 이전의 세상이 아니었다. 그는 자신이 변한 것을 느꼈다.

학교에서 가르치는 건 따분하기만 했다. 가르치는 과목들도 이미 정해져 있었고 그가 배우고 싶어 하는 것은 책 어디에도 담겨 있지 않았다. 친구들은 열심히 공부했지만 암기가 전부였고 참고서나 과외 선생이나 학교 선생이나 모두 창의력과 추리력을 극구 싫어하고 있었다. 이유는 평가하기가 힘들기 때문이기도 했지만 추리를 불온하게 보는 시각도 한 몫 하는 것 같았다.

가르쳐 주는 건 얼마 안 되는데 웬 시험은 그리도 많이 보는지 온통 문제집 속에 둘러싸인 채로 생활하고 있었다. 조금이라도 생각을 달리 하거나 기존 가치를 의심해 볼라치면 영점이 나오기 십상이었다. 그래서 그런지 친구들은 선다형 시험지에서 눈치껏 답을 찾았다. 자신이 생각해 보고 자신의 기준에 따라 옳고 그른 것을 가린다는 사고는 용납되지 않았다.

그는 자기 스스로 이것 저것 찾아 보면서 진실을 터득하는 데 익숙해 있긴 했으나 다행히도 소위 문제아로 낙인 찍히지는 않았다. 에듀가 문제를 정확히 풀고 선생님이 그를 칭찬하는 경우도 있었는데 어쩌다가 친구들이 그런 모습을 보면 눈이 휘둥그레 해 가지고,

"어떻게 된 거니?"

하고 물어 보곤 했다. 웅덩이에도 등록하지 않은 에듀가 그들이 모르는 것을 알고 있는 걸 보고는 놀랍기도 하고 부럽기도 한 모양이었다. 그렇지만 어떻게 그런 걸 알게 되었는지 자세히 알려고 하지는 않았다. 학교수업이 끝나면 부지런히 웅덩이로 몰려갔다. 아마도 그곳으로 가면 마음의 위로가 되는 모양이었다.

에듀가 보기에 친구들은 무엇인가에 심리적으로 쫓기고 있거나 아니면 위 아래 좌우 전후도 제대로 볼 수 없을 만큼 맹추가 된 것 같았다. 웅덩이가 의도적으로 친구들을 그렇게 만들고 있는지도 몰랐다. 웅덩이는 바다로 나가는 걸 보장한다는 구호를 내걸고 있었다. 수초에 놀러온 친구들에게 에듀는 제의했다.

"우리 힘을 합쳐 웅덩이를 메워 버리자. 웅덩이가 있는 한 학교는 재미 없는 곳이야."

학교가 재미 없어지는 이유가 웅덩이 때문임은 이미 익히 알고 있었고 학교를 지켜야 한다는 데에도 공감대가 형성되어 있었으므로 쉽게 의견이 모아졌다. 그 방법은 단순히 친구들보고 웅덩이에 가지 말라는 것이 아니라 아예 웅덩이를 메우자는 것이었기 때문에 상당히 강력한 방식을 주장한 셈이었다. 에듀와 그의 친구들은 자갈과 모래를 웅덩이에 집어던졌다.

"메기 원장님, 우리들에게 웅덩이는 필요 없어요. 다들 바다로 나갈 수 있대요. 그러니 학원 간판 내리고 친구들도 수초로 돌아오게 해 주세요. 우리는 웅덩이 없애는 운동을 하기로 했어요. 실력행사도 불사할 겁니다."

하고 선전포고를 했다. 아무리 메기 원장이 거짓말로 에듀의 친구들을 불러모아도 웅덩이가 퀴퀴하게 썩은 물이 고인 곳이라는 것을 홍보하고 재빨리 메꿔 버리면 어쩔 수 없을 것이라고 생각했던 것이었다.

에듀와 수초 속을 들락거리던 무리들이 수초에서 치밀한 준비를 한 후 마침내 결행한 것이었다. 그들에게 '웅덩이 물은 썩은 물'이라는 구호는 파괴력이 있는 구호로 여겨졌던 것이었다. 거기다가 실제로 자갈과 모래를 입에 물고 웅덩이로 달려갔으니 쏘가리 원장인들 어쩔 수 없을 터였다.

유치원 시절에 시내에서 벙어리 행세를 하는 태업도 해 보았고 초등학교 시절에 개천에서 스티커를 붙이며 선동해 본 경험도 있는 에듀와 그의 무리가 이번에는 그 이상으로 선전과 행동을 병행했으므로 승산이 있으리라고 생각했다. 그러나 전혀 예상치 못했던 곳으로부터 반격이 들어왔다.

학부형들이 학교로 몰려왔다. 사전에 에듀가 웅덩이 주변을 돌면서 내부를 들여다보아도 어디에도 학부형들은 보이지 않았다. 그런데 행동에 옮기고 나니 보이지도 않던 학부형들이 나타나고 그것도 웅덩이가 아니라 학교로 몰려드는 것이었다. 이교실 저 교실로 몰려다니며 집기를 부수고 유리창을 깨면서 난장판을 벌리는 것이었다.

"누가 주동자야. 잡히기만 해 봐라. 학교에 다니게 하는가 봐라."

하고 열을 내면서 이 구석 저 구석 뒤졌다. 그러나 주동자를 잡지 못하자 교장실로 우루루 몰려가는 것이었다.

"납자루 교장 선생님. 웅덩이에 자갈과 모래를 던지던 애들을 붙잡아 퇴학을 시키던지 정학을 시키던지 하세요. 그런 애들은 싹수가 노랗단 말이에요. 다른 애들만 공부 못하게 훼방 놓는 그런 애들에 대해 아무런 조치를 취하지 않으면 시 교육청에 고발할 거예요. 그러니 알아서 하세요."

하고 윽박질렀다.

"예, 예. 잘 알았어요. 그렇게 할 테니 진정들 하세요. 제 얘기도 좀 들어봐요. 요즘 애들은 학부형들이 얼마나 불안에 떨고 있는지를 잘 몰라요. 철이 없어서 그러니 이해하세요. 사실 학교 공부만 가지고는 턱을 넘을 수 없는 것 잘 알아요. 학부형들이 웅덩이 등록금 준비하느라 얼마나 수고가 많은지도 잘 알고 있어요. 학교에 와서 보면 알 수 있지만 여기는 시설도 열악하고 학생 수도 많아 복작대고 있지요. 수업내용도 수준별 반 편성이 안 되어 들쑥날쑥이지요. 제대로 수업이 안 돼 웅덩이로 몰려가는 것 이해해요. 학원이라는 건 꼭 필요한 것이지요. 학원이라는 게 없었으면 학교 선생님들은 아마 들볶여 죽었을 거예요. 그러니 웅덩이가 있다는 게 얼마나 고마운 일이에요."

납자루 교장은 일단 학부모들을 안심시켰다. 학교보다도 학원이 더 중요하고 또 그 고마움을 잘 알고 있다니 더 이상 얘기할 필요가 없었다. 거기다가 납자루 교장이 한 마디를 더 하는 바람에 모두가 감격해 버렸다.

"나도 교장 노릇 그만두면 웅덩이 하나 맡아 학원 차릴 예정이에요. 그러면 그때 애들 많이 보내 주세요. 애들을 잘 가르쳐 바다로 보낸다면 그처럼 보람 있는 일이 어디 있겠어요. 지금 학교는 선생이나 애들이나 모두 시간 때우기 밖에 할 일이 없어요. 공부할 분위기가 아니거든요. 열심히 가르치고 싶어도 가르칠 수도 없구요. 웅덩이에서 공부하고 학교에서 자는 걸로 역할 분담이 되어 있지요. 어떤 선생들이 그래서 되겠느냐고 하지만 여러 선생들이 있다 보니 별난 선생들도 있게 마련이지요. 웅덩이에서 공부 안 한다고 매맞아 시퍼렇게 멍든 애들을 데리고 뭘 가르치겠다는 게 웃기는 일이지요. 언젠가 교장회의에 참석한 적이 있는데 어떤 교장이 사도가 흔들리고 있다고 그러더군요. 그 교장 선생님은 몰라도 한참 모르고 있어요. 사도가 다 뭐예요. 애들이 턱을 못 넘으면 쏘가리나 모래무지 같은 무리들에게 잡혀 먹히고 마는데 말이에요. 웅덩이를 메꾸자는 애들은 그런 엉터리 교장 선생님의 말을 듣고 저렇게 날뛰는 것이긴 하지만 철 없는 짓이에요. 제가 단단히 단속하겠으니 염려 붙들어 매십시오."

학부형들은 감격해 목이 메였다. 턱이 세상을 호령하고 공포와 불안을 조성하는 때에 납자루 교장처럼 저렇게 훌륭한 교육자가 아직까지 건재해 있다니 그저 놀라울 뿐이었다. 저런 분이 교육계에 계시는 한 애들을 바다로 내보내는 건 크게 염려하지 않아도 될 것 같았다.

납자루 교장은 동사리 담임 선생을 불러 앞으로 이런 일이 없도록 단속을 잘 하라고 단단히 일러두었다. 동사리 담임 선생이 납자루 교장으로부터 들은 얘기는 대충 이러했다.

과학고등학교나 외국어고등학교에 제대로 보내지도 못하는 미들 스쿨에 자녀들을 보내는 학부모들이 고마울 뿐인데 그들에게 심려를 끼쳐서는 안 된다는 것이었다.

그러므로 애들이 웅덩이로 가겠다는 걸 학교가 막는 일만큼은 어떤 일이 있어도 해서는 안 된다는 것이었다. 숙제 같은 것도 가급적 적게 내고 수업시간에 한 켠에 이부자리도 준비해 틈틈이 눈도 붙이게 해주라는 것이었다. 동사리 선생이 보기에 납자루 교장은 대단히 솔직한 분이고 교육자적인 양심을 지니고 있는 것처럼 보였다.

어느 모로 보나 턱 넘기 교육에 관한 한 웅덩이가 한 수 위인 건 하늘이 알고 땅이 알고 선생이 알고 애들이 아는 일이었다. 그렇지만 그걸 솔직히 시인한다는 건 결코 쉬운 일이 아니었다. 솔직하다는 것은 언제나 위험이 따르는 일이었다.

동사리 담임 선생은 에듀를 불렀다.

"학교는 턱 넘기 준비를 시키기에는 적당한 곳이 아니야. 학교란 몸을 튼튼하게 하고 마음을 바로 갖게 하는 곳이지. 공부는 살아가는 데 필요한 기본적인 것을 가르쳐주고 말이야. 웅덩이는 턱을 넘게 해서 너희들을 바다로 나가게 해 주는 곳이구 말야. 그러니까 학교와 웅덩이는 서로 역할이 달라. 서로 도우면서 너희들을 잘 되게 해 주는 곳이야. 그렇기 때문에 웅덩이가 그렇게 많은 거야. 너는 학교 공부도 열심히 하지 않고 웅덩이도 없애려고 하는데 그건 잘못 된 생각이야. 모두 너희들을 위한 곳이란 말이야. 앞으로 웅덩이에 자갈과 모래를 집어던지지 않도록 해, 알았지?"

하고 다짐을 받았다. 다시 한 번 그랬다가는 퇴학은 물론이고 기물 파손죄로 고발하겠다고 겁을 주기도 했다. 정학이니 퇴학이니 청소년보호원이니 하는 말을 듣고 에듀는 정신이 얼떨떨하였다.

웅덩이에서 가르치는 걸 학교에서 가르치면 되고 남는 시간은 수초에 와서 재미 있게 놀면서 크면 되겠지 하는 생각만 하다가 생각지도 못한 어마어마한 말을 들은 것이었다. 다른 나라 애들은 다 그렇게 수초에서 놀면서 자란다는 걸 말하고 싶었지만 기세에 눌려 아무 소리도 못하고 참을 수밖에 없었다.

친구들이 웅덩이로 몰려가고 수초에는 오지 않는 걸 안타까워 하다가 이제는 오히려 자신마저도 수초에서 놀 수 없는 처지가 되었다. 너무 경솔하게 행동한 건 아닌가 하고 후회되기도 했다. 그러나 그렇다고 웅덩이로 찾아가 등록하고 싶은 생각은 추호도 없었다. 겉치레뿐인 학교공부에 흥미를 잃어 버린 지는 이미 오래되었었다.

그렇지만 에듀가 그의 가까운 친구들과 몰래 만들어 놓은 그들만이 드나드는 곳은 아무에게도 들킬 염려가 없었고 책을 읽거나 명상을 할 수 있는 안온한 공간을 변함 없이 마련해 주고 있었다.

그는 왜 선생님들이 우리들을 수초에서 놀면서 발랄하게 자라지 못하게 하는지 그리고 웅덩이에서는 턱 넘기 밖에 가르쳐 주는 게 없는데도 그토록 몰려가고 돈도 잘 버는지를 곰곰이 생각해 보았다. 그리고 친구들과 토론도 해 보았다. 결론은 세상이 그런 걸 요구하고 있다는 것이었다. 말로는 학생들이 씩씩하고 용감하고 슬기롭게 자라야 한다고 하지만 정말로 사회가 요구하는 것은 그런 것보다는 바다로 나가는 자들과 나가지 못하는 자들로 가르는 편가르기였다.

다 바다로 나간다는 것은 신분질서를 만들 수 없게 하는 일이었다. 따라서 이 세상을 질서 있게 만들자면 바다로 나가는 자들과 못 나가는 자들로 나누고 바다로 나가는 자들도 촘촘하게 세분해 신분을 매기는 것이었다. 이 세상에 질서를 만드는 건 자원을 낭비하지 않게 하는 중요한 일이었고 그런 일을 넓은 바다에서 하는 게 아니라 바다로 나가는 길목에서 하는 것이었다. 신분 가르기라는 사회가 해야 할 일을 학교가 처리하고 있었다.

'바르고 착하게 크자'는 구호는 오직 구호일 뿐이고 정작 학교가 해야 할 중요한 일은 신분을 부여하는 일이었다. 그래서 한 번 신분을 부여하면 평생을 따라다니게 했다. 학교는 권력기관화 되어 있었고 그건 학원도 마찬가지였다.

에듀는 학교가 신분 가르기를 하고 있다는 건 도저히 용서 못할 일로 보았다. 만일 아이들이 성적이 나쁘다면 그건 나라에서 당연히 책임져야지 성적이 나쁜 책임을 아이들에게 전가해서는 안 된다고 여겼다.

나라에서 최선을 다했다면 그만이기는 하지만 아무리 보아도 최선을 다한 것으로 보이지 않았다. 초·중등학생들이 교육적으로 열등하다는 결과가 나왔다면 그 책임의 거의 대부분은 준비를 성실히 하지 못한 학교측에 있을 게 틀림 없었다. 그럼에도 불구하고 신분 가르기에 팔 걷고 나선다는 건 안 될 말이었다. 이 세상을 살아가는 데 필요한 기본을 가르쳐 주면 그만이고 그럴 때 학교가 제 역할을 다 하는 것이고 그 이상으로 어떤 역할을 한다면 학교가 권력기관이 되는 셈이었다. 신분을 없애기 위해서 만든 학교가 신분 재생산에 기여한다는 걸 에듀는 이해할 수 없었다.

"신분 가르기 때문에 턱이 생겨났고 턱 때문에 웅덩이가 생겨난 거야. 왜 학교에다가 신분 가르기를 요구할까. 사회는 그런 걸 왜 안 할까. 어쩌면 못할 수도 있지. 아니야. 학교에서 하는 게 쉬우니까 학교에다 맡긴 거야. 신분이란 일찍 할수록 좋은 거고 거기에 딱 맞는 건 학교 뿐이야. 사회가 신분 가르기를 하면 평생은커녕 수시로 바뀌어 기존 질서를 유지하기가 쉽지가 않게 되지. 기득권이 위협받게 돼. 그러니 신분 가르기를 하지 않으면 몰라도 하기로 하면 학교에 맡기고 싶은 유혹을 받지. 기득권자들이 보기에 만만하니까. 그래서 저렇게 턱을 만들고 신분 가르기를 하는 거야. 평등사회라? 좋지. 누가 그걸 반대한다고 하나. 그러나 속마음은 결코 평등사회를 원하지 않고 있음에 틀림 없어. 적어도 기득권자들은 결사반대하고 있음에 틀림 없어. 그런 반대를 드러내놓지 않는 건 위협을 느끼지 않기 때문이지. 진짜로 그런 사회가 올 듯하면 죽기로 반대하고 나설 거야. 겉으로 드러난 구호와 속셈은 그렇게 다른 거야."

하고 에듀는 신분이라는 사회현상에 대해서 나름대로 연구했다.

신분이란 무엇일까. 우리 사회는 아직도 신분사회에 머무르고 있는 게 아닌가. 그건 평등사회가 아니라는 뜻이 아닌가. 말로는 사회통합을 부르짖으면서도 실제로는 여전히 신분 가르기가 횡행하고 있는 게 아닐까 하는 생각이 드는 것이었다.

학부형들이 납자루 교장에게 몰려와 '과학고등학교나 외국어고등학교에 단 한 명도 입학시키지 못하는 학교'라고 놀려댄 것도 따지고 보면 신분상승을 원하는 학부형들을 만족시키지 못하기 때문에 쏟아낸 불평이었다.

　그는 이 사회가 학교에다가 신분 가르기를 요구하는 한 턱은 없어지지 않을 것이라고 생각했다. 그렇지만 누군가가 신분 가르기를 대신해 주기만 한다면, 예컨대 학원이나 학습지 출판사나 교육방송사들이 그 역할을 해 준다면 학교는 할 일이 없어질 것 같았다. 왜냐하면 이런 곳에서는 턱 넘기를 잘 가르쳐주고 결국 신분 가르기를 대신해 줄 수 있을 것 같았기 때문이었다.

　그런데 자세히 보니 과연 세상이 그렇게 되어가고 있었다. 턱 넘기를 잘 가르쳐 주는 곳이 신분 가르기를 잘해 주는 곳이었고 그에 대한 고마움의 표시로 웅덩이 동기생들이 웅덩이 선생님 회갑잔치에 날짜와 장소를 잡고 있었다.

　"그래, 학교는 저절로 없어지고 말 거야. 그런데 그 때까지 기다릴 게 뭐람. 당장 없애 버리면 어떨까."

　에듀는 무릎을 딱 쳤다. 그리고 친구들을 불렀다.

　"그 동안 웅덩이를 없애려고 했던 건 잘못인 것 같아. 턱 넘기가 그대로 있는데 웅덩이가 없어질 리가 없어. 학교보다도 더 잘 가르치잖아. 우리 이번에는 학교를 없애자. 그게 맞는 일이기도 하고 쉬울 것도 같애. 내가 보기에 학교가 있을 필요가 하나도 없어. 학교를 없애자고 하면 학부형들도 좋아할 거야. 너희들 생각은 어떠니?"

하고 동의를 구했다.

친구들은 지난 번에 웅덩이를 없애자고 했다가 혼쭐이 났었기 때문에 훨씬 신중해져 있었다. 그렇지만 그들도 학교를 없애면 친구들이 수초로 찾아 올 것만 같았다. 문제는 역시 학부형들이었는데 어쩌면 그들도 학교를 없애는 데 찬성할 것도 같았다. 왜냐하면 자녀들이 새벽부터 밤늦게까지 학교와 웅덩이와 과외 선생한테 찾아다니느라 공부에 치어 헉헉거리고 있었기 때문이었다.

또 학교수업료와 학원등록금을 부담하느라 힘들어 하고 있는 것도 사실이었다. 학부모만 가담한다면 성공은 확실할 것 같다. 결국 학부모들에 대해서는 공개적인 장소에서 논리적으로 설득해 참여시키기로 했다.

학교운영위원회가 열리던 날 에듀가 발제자로 나서서 교육정상화 방안을 제안했다.

"오늘날 학교 선생님이나 학부형들이나 선배들이나 모두 우리들에게 턱 넘기보다 더 중요한 일은 없다고 합니다. 그래서 우리들도 턱 넘기 연습을 열심히 하고 있어요. 그런데 그게 그리 효과적이지 못해요. 학교에서도 하고 학원에서도 하는데 중복되는 경우가 많아요. 그만큼 시간이나 노력이 낭비되는 셈이지요. 그러므로 이에 대해서 좋은 방안을 갖고 나왔어요. 여러분들도 잘 알다시피 학교는 학원보다 턱 넘기 준비를 잘 못해요. 시설이나 교재는 물론이고 학교 선생님들도 웅덩이 선생님들만큼 성실하지가 못해요. 학교 선생님들은 찍기를 영 안 해줘요. 그러므로 우리 애들은 이런 비효율과 낭비를 없애기 위해서 학교를 없애자는 결의를 했어요. 그렇게 되면 우리 모두 더 열심히 턱 넘기 연습을 할 수 있고 비용도 적게 들일 수 있고 선생님들도 쓸 데 없는 수고를 덜 수 있지 않겠어요? 그러므로 이 자리에서 저희들의 이 제안을 검토해 주시기 바랍니다. 이상입니다."

하고 의기양양하게 교육 정상화 방안을 제시했다.

학부형들은 정말 좋은 생각을 했다고 박수를 치면서 감탄했다. 그리고 에듀에게 격려의 말을 아끼지 않았다.

"훌륭한 생각이야. 학교를 없애면 다 해결되는 간단한 걸 미처 생각 못하다니. 해결책은 의외로 가까운 데 있는 법이지. 왜 진작 그런 생각을 못하고 이런 고생을 했을까. 에듀는 훌륭한 아이야. 지난 번에는 좀 미안했어."

학부모들은 이구동성으로 학교를 폐쇄하자는 안을 찬성하면서 한 술 더 떠 새로운 제안을 내놓는 것이었다.

"학교를 없앨 필요는 없어요. 다 돈들여 지은 건데 알뜰히 써야지요. 학교 간판을 떼고 학원 간판을 달도록 합시다. 운동장도 깊이 파서 웅덩이를 만들면 되잖아요. 운동장 같은 건 원래 필요도 없던 것이라구요."

회의에 참석했던 학부형들과 학생 대표들은 획기적인 대안이 나와 좋아라고 발을 동동 굴렀다. 에듀가 한 건 한 셈이었다. 학교와 웅덩이를 일원화하면 그 동안 문제가 되던 것들 대부분이 해소될 수 있었다. 시간과 경비는 말할 것도 없고 교육의 정상화 즉 입시요강과 교육과정의 충돌도 해소될 수 있는 것이었다. 모두가 입시요강에 충실하기만 하면 되는 것이었다.

사실 교육과정이라는 것은 습관적으로 어쩔 수 없이 실시하는 것이었지 왜 해야 하는지 그 이유가 불분명했고 턱 넘기를 준비하는 데 있어서는 방해만 될 뿐이었다. 6차 교육과정이니 7차 교육과정이니 하는 게 아무리 내용이 잘 짜여져 있어도 소용이 없는 건 다 그런 이유가 있었기 때문이었다. 전교조에서 7차 교육과정이 잘못 되었으니 수정 고시하라고 주장하기도 했는데 그건 교육과정이 왜 제대로 운영되지 않고 있는지를 모르고 하는 말이었다. 입시요강과 교육과정은 운명적으로 충돌할 수밖에 없는 것이었다.

학교를 파 웅덩이로 만들어 버리면 그런 겉치레뿐인 교육과정 같은 게 없어질 것이고 그만큼 솔직하고 투명한 교육이 이루어질 수 있는 것이었다.

모두들 교육정상화 방안을 찾았다고 좋아들 하고 있는데 이런 회의 진행 소식을 듣고 납자루 교장이 급히 회의장에 들어와 한 마디 뱉는 바람에 산산조각이 났다.

"뭐, 학교를 없애자구요? 제 정신들이 있는 건지 없는 건지 원. 그런 소리 이제 그만 작작해요. 여러분의 자녀들이 졸업장이 없어도 괜찮겠어요? 어서 말들 해 보세요. 졸업장이 없어도 된다면 그렇게 하세요. 그렇지만 졸업장이 필요하다면 이런 논의 다 집어치워요. 얼마나 졸업장이 중요한지 잘 알면서 왜들 그래요? 학교는 괜히 있는 줄 아세요? 이 사회가 졸업장을 필요로 하는 한 학교를 없앨 수는 없어요. 물론 그것을 웅덩이하고 같이 줄 수도 없구요. 뭣 때문에 졸업장을 웅덩이하고 같이 나눠 줘요? 오직 턱 넘기 밖에 안 가르쳐 주고 돈 밖에 모르는 게 웅덩인데 말입니다. 웅덩이를 없애자는 건 아니에요. 턱 넘기를 위해서는 웅덩이는 필요해요. 그렇지만 졸업장을 위해서는 학교도 필요해요. 그러니 여러분들은 자녀들을 학교에도 보내고 웅덩이에도 보내세요. 애들을 두 곳에서 열심히 배우게 하면 그게 다 국력인 겁니다. 애들은 언제나 공부하는 걸 힘들어하지요. 그렇다고 내버려두면 자녀 교육은 망치고 맙니다. 이만큼이라도 우리 나라가 잘 살게 된 건 학교와 웅덩이에서 경쟁적으로 애들을 교육시켰기 때문이에요. 교육정상화는 무슨 교육정상화예요. 다들 잘 하고 있는데. 에듀야, 너에게 한 마디 하겠는데, 이 산천어만도 못한 놈아. 앞으로 그런 쓸 데 없는 생각하면 수초를 아예 갈아 엎어 버릴 테다. 알겠어. 다른 나라 애들이 수초 속에서 무럭무럭 자라고 있는 건 나도 잘 알아. 그렇지만 우리 나라는 달라. 이 땅에 태어난 이상 수초 속에서 놀 시간은 없어. 부지런히 턱 넘을 준비나 해. 이유는 너희들이 이 땅에 태어났기 때문이야. 바로 그게 이유야. 억울해도 하는 수 없어. 잘 알겠지. 여러분, 그 동안 수고했어요. 이만 회의 끝내도록 해요."

운영위원회에 참석했던 학부형들은 초죽음이 되어 배지느러미로 엉금엉금 기어 나왔다.

에듀가 새먼 종족이 설악의 정기가 스며든 눈 녹은 물을 먹고 자란 선택받은 종족이기 때문에 턱 넘기쯤은 문제가 아니라고 생각한 것과 납자루 교장의 생각 사이에는 넘지 못할 인식의 벽이 있었다. 그 인식의 벽은 좀처럼 허물어지지 않을 것 같았다.

에듀는 웬지 자신이 정말로 산천어만도 못한 놈이 아닌가 하는 생각이 들었다. 뭔가 좀 해 보려고 하면 생각지도 않는 일이 벌어지고 야단을 맞고 나서야 상황이 끝나는 것이었다. 절망의 편력 바로 그것이었다. 아무리 턱을 없애야 한다고 논리적으로 말해도 들어주는 이도 없고 웅덩이 없애자거나 학교 없애자거나 뭘 없애자고 해야 겨우 움직이니 미칠 노릇이었다.

그러면서도 턱을 없애자고 하면 그건 달걀로 바위치기라든가 창 들고 풍차한테 달려드는 것과 같다고 하면서 사래짓을 하는 것이었다.

턱은 성역이었다. 턱이 있는 한 진정한 교육이 안 되고 또 그런 교육은 꿈을 앗아가는 폭력이라고 외쳐도 묵묵부답이었다. 그런 일이 몇 번씩 되풀이 되다 보니 제풀에 꺾이고 에듀의 신념에 혼란이 생기는 것이었다.

"아마 내가 모르는 더 중요한 어떤 원칙이 있는 것도 같애. 그러니까 다들 큰 걱정을 안 하는 거야. 나만 모르는 무언가가 있는 게 틀림 없어. 말로는 열린 교육을 해야 한다고 하면서 실제로는 할 생각들을 안 하니 이상하기도 하고 궁금하기도 하고 답답하기도 하고, 아이쿠, 난 모르겠다."

에듀는 두 손을 들어 버렸다. 가슴지느러미를 살살 움직여 방향을 틀어 강가로 헤엄쳐 갔다. 붕어들이 갈대 숲에 모여 쌍쌍 데이트를 즐기고 있었다. 에듀가 가까이 가도 본 체를 하지 않았다. 자세히 보니 붕어들이 갈대 숲을 어지럽게 흔들고 있었고 알들이 수북히 쌓여 있었다. 위대한 생명들이 창조되고 있었다. 다음 세대를 예비하느라 분주한 붕어들의 사랑의 축제를

보면서,

"우리도 훌륭한 2세들을 키워야지. 우리가 못다 한 일이 있다면 이세들이 해주면 좋겠어. 사명은 전해지는 거야. 그렇다고 우리가 해야 할 일을 게을리 해서는 안 되지만 우리가 모두 다 할려고 할 건 없어. 크고도 중요한 일일수록 욕심을 버려야 해. 그리고 언제라도 꼭 해내야만 하지. 그러기 위해서도 훌륭한 이세들을 길러야 해. 아, 턱을 없애야 하는데."

에듀는 무슨 일이 있어도 끝에 가서는 턱에다 연결시키는 버릇이 생겼다. 에듀가 보고 듣는 모든 일은 턱과 연관되었다. 에듀는 어쩌면 이미 턱의 포로가 이미 되어있는지도 모를 일이었다.

학부형들이 일시적으로나마 학교를 없애자는 그의 주장에 동조하고 나선 것은 작은 위안이 되었다. 그러나 납자루 교장의 질책을 들은 후로는 누구도 그를 위로하지 않았고 학부형들도 다 어디 갔는지 보이지 않았다. 그렇다고 웅덩이로 몰려가 메기 원장을 만나지도 않은 것 같았다.

메기 원장도 학교를 없애자는 학부모들의 의견에 동조할 것 같지는 않았기 때문이었다. 학교와 웅덩이는 경쟁하는 관계이기도 했고 협력하는 관계이기도 했다. 학생들에게 누가 더 잘 턱을 넘기게 가르쳐 주는가 하는 걸 두고 한 때는 서로 치열하게 경쟁했지만 이제는 평화가 찾아들었고 현 체제를 유지하는 데서는 서로 배가 맞았다.

아무리 애들이 턱 넘기 연습하느라 허리가 굽고 피부가 꺼칠꺼칠해져도 그냥 그대로 가는 게 좋지 턱을 없앤다는 건 상상

도 할 수 없는 일이었다. 턱이 있다는 건 학교나 학원의 존재의
미를 강화시켜 주고 있었고 놀랄 만큼 훌륭한 역할 분담이 이
루어지고 있는 것이었다. 학교는 졸업장을 수여하고 학원은 턱
을 넘게 해주는 이 기막힌 역할의 황금분할을 누가 감히 허물
어 버릴 것인가.

에듀가 생각해 봐도 졸업장은 소중해 보였다. 졸업장을 주지
않는다거나 졸업장이 필요 없는 세상이 될 때에도 애들이 계속
해서 학교에 다닐까. 생각하기 어려운 일이었다. 오직 졸업장
한 장 받기 위해서 다니는 애들이 대부분인 것 같았다. 애들은
졸업장의 효용을 잘 몰랐다.

그렇지만 형이나 선배들이 좋건 싫건 졸업장을 따놔야 한다
고 귀에 못이 박히도록 말했기 때문에 당연히 받아야 하는 걸
로 여겼었다. 달리 선택의 여지가 있을 수 없었다. 그렇지만 에
듀는 졸업장을 그렇게 소중하게 생각하는 이유를 조금은 이해
하고 있었다. 졸업장이야말로 그 옛날의 호패와 같은 역할을 하
고 있었다.

그 옛날 신분 증명서로서의 호패의 위력은 대단했었는데 오
늘날 그 역할을 하는 게 바로 졸업장이었다. 신분을 확인하는
데 있어 졸업장 단 한 가지로 모든 걸 대신했다. 친구 사귀는 것
도 출세하는 것도 짝짓기 하는 것도 졸업장이 있는가 없는가 여
부로 한 방에 판가름냈다. 그러니 졸업장이 소중할 수밖에. 졸
업장을 위조하거나 사고 팔거나 학군을 찾아 이사를 다니거나
교육청 앞에 이불을 싸들고 찾아가 몇 날 몇 밤을 지새는 건 다
졸업장이 소중하기 때문이었지 다른 그 무엇이 아니었다.

그 학교가 훌륭하게 인성적으로 우수한 교육을 베풀기 때문은 더욱 아니었다. 졸업장은 노비문서처럼 한평생 따라 다녔다. 그렇기 때문에 머리가 희끗희끗한 중늙은이도 학교에 새로 입학하거나 졸업을 하게 되면 감개무량한 모습으로 신문이나 텔레비전에 나오는 것이었다. 면천하는 데 소회가 없을 수 없는 일이었다.

아무래도 학교를 없애자는 얘기는 안 될 일 같았다. 웅덩이를 없애는 것도 안될 일이기는 마찬가지였다. 결국 에듀가 해야 할 일은 없었다. 공부를 좀 더 열심히 하는 수밖에는. 턱 넘기 연습이 아니라 이 세상에 숨겨져 있는 비밀을 밝히기 위한 각고의 노력을 해야 했다. 그는 신분에 대한 관심을 놓지 않았다. 교육 한가운데 신분이라는 괴물이 엇지르고 있다는 생각이 갈수록 굳어지고 있었기 때문이었다. 그래서 신분에 대한 서적을 구해서 읽어 보았더니 재미 있는 많은 사실을 알게 되었다.

프랑스 혁명도 왕족과 귀족들로부터 평민에게로 주권이 돌아간 신분해방운동이었고 링컨 대통령의 노예해방도 결국은 신분해방운동이었으며 동학운동도 신분의 귀천이 없는 세상을 꿈꾸며 피를 흘린 신분해방운동이었다. 그렇다면 신분을 타파하기 위한 투쟁이 곧 역사라고 말할 수 있는 것이었다. 신분타파는 사회 구성원들의 인격적 존엄성을 지키기 위한 최소한의 요구였던 셈이었다.

따라서 신분사회란 주체성을 가진 자들의 인격적 존재로서의 삶을 부정하는 사회를 뜻했고 철저한 위계만이 존재하는 그런 삭막한 사회를 뜻했다. 이런 신분사회를 깨뜨리는 데 교육만큼 큰 역할을 한 건 없었다. 누구나 기초적인 것을 부담 없이 받게 함으로써 근대를 열 수 있었다.

물론 우리 나라에서도 교육은 근대를 여는 역사적 사명을 훌륭히 수행했는데 어쩐 일인지 해방 후 반세기에 걸쳐서는 철저히 신분 가르기에 이용되고 있었다. 조선시대가 그랬던 것처럼. 따라서 신분타파에 관한 한 교육은 역사 발전에 아무런 기여를 못하는 것처럼 보였다. 근대화 초기에는 큰 역할을 했는데 어느 시점이 지나자 오히려 발전의 걸림돌 구실만 하는 것이었다. 못난 자식에게 재산을 물려주면 재앙이라더니 그런 셈인지도 몰랐다.

교육은 양날의 칼처럼 잘 쓰면 크게 유익하고 잘못 쓰면 앞길을 망칠 수도 있는 것이었다. 교육이라고 해서 무조건적으로 좋기만한 것은 아니었는데 그런 걸 몰랐다. 달가스에게 전나무가 소나무가 묘목일 때는 유용하다가 어느 정도 큰 다음에는 솎아내듯이 교육도 근대화가 어느 정도 진행된 다음에는 잘 검토해 유용하게 쓰이도록 손질을 했어야 하는데 쏘가리 무리나 모래무지 무리들의 말만 듣고 아무런 대책도 없이 내버려뒀다가 마침내 이러지도 저러지도 못하는 처지가 되어 버린 것이었다.

집에서 강아지를 귀엽다고 키우다가 크고 나면 처리를 못해 쩔쩔매는 것과 비슷하다고나 할까. 하여튼 문제를 제때 제때 풀 줄을 모르는 것 같았다. 교육이야말로 자라나는 세대를 대상으로 하는 것이기 때문에 시대의 변화에 그 때 그 때 맞추어야 하고 그러면서도 신분 가르기 수단이 되는 걸 극력 막았어야 하는데 아무도 그런 문제점을 인식 못했던 것이었다. 에듀가 파

악한 우리 나라 교육의 역사는 그처럼 명과 암이 섞여 있었다.

교육이 신분 가르기의 수단으로 전락해 있는 한 교육은 실종되고 나라는 망할 것이라고 생각했다. 실제로 '학생들을 꾸밈없이 자라게 하고 씩씩하고 예의 바르게 키우자'는 구호는 어디에도 나부꼈지만 어이없게도 그렇게 가르치고 배우는 곳은 아무 곳에도 없었다.

그러한 구호는 명분과 실제가 얼마나 다를 수 있는가를 보여 주는 표지일 뿐이었다. 그건 민주화를 떠들면서도 실제로는 비민주적인 행동을 보이는 것과도 비슷했다. 겉과 속이 다른 문화는 양심을 존중하지 않는 것으로 버려야 할 나쁜 유산이었다.

그는 우리 나라가 양반과 상민으로 신분 가르기 밖에 모르다가 결국 일제의 식민지로 전락해 간 슬픈 역사를 알고 눈물을 흘렸었다. 나중에는 성도 뺏기도 이름도 뺏기도 조상들이 듣도 보도 못한 성과 이름으로 바뀌었었는데 이를 알고 못내 가슴 아파했었다.

당시에 양반들은 온갖 영화를 누리면서도 나라를 지키지 못했고 상민들은 이리 저리 팔려 다니며 비참한 생활을 했었다. 오늘날 그 무서운 신분제도를 스스로 깨뜨리고 사회통합 국민통합을 이뤄 나라를 지키고 발전시키지 못한 통한의 역사를 반성하기는커녕 오히려 더 극성스럽게 그 때의 전철을 밟고 있는 건만 같았다.

"신분이 사회에 기여하는 정도에 따라 그 보상으로 주어진다면 그건 명예스러운 일이기도 해. 자연 발생적이고 도덕적 정당성이 따른다면 명예로운 신분이 있을 수 있는 일이지. 국가

유공자 같은 신분은 얼마든지 바람직한 것이야. 그렇지만 그건
사회적 활동의 결과에 의한 거야. 무슨 일을 얼마나 할 지 모르
는 단계에서 신분 가르기가 행해져서는 안 되지. 신분이란 게
잘못이라기보다는 교육을 활용해 신분 가르기를 하는 게 나쁜
거란 말이야. 교육은 일생을 살아가는 데 튼튼한 초석이 되면
족한 거야. 그 이상은 안 된단 말이야. 교육을 신분 가르기 하
는 수단으로 삼게 하는 게 바로 저 턱이야. 턱을 넘었나 못 넘
었나 하는데 따라 옛날 식으로 말하면 양반과 상놈으로 갈리고
요샛말로 하면 학벌이 있는 놈과 없는 놈으로 갈리는 거야. 그
러니 오나 가나 턱이 문제야."

학부형들은 일시적이나마 학교를 없애자고 한 것이 큰 착각
임을 깨달아가고 있었다. 학교가 턱 넘기에 그리 효과적이지 않
다는 걸 알고 그렇게 생각했지만 다시 한 번 생각해 보니 졸업
장이 필요한 것은 당연했고 모두들 똑같은 조건에서 학교에 다
니는 것이므로 그리 손해나는 일도 아니었다.

턱 넘기가 어려워야 한다면 학교가 아이들을 일정 시간 관리
해 준다는 것이 의미가 없는 것도 아니었다. 학교가 없어지고
다들 웅덩이에서 턱 넘기 연습을 해야 한다면 부의 경쟁이 너
무 노골적으로 드러날 수 있었지만 학교가 모두에게 공평한 기
회를 주는 기능을 한다면 웅덩이에서의 부의 경쟁을 드러나지
않게 모나지 않게 덮을 수도 있는 일이었다. 그렇지 않아도 중
등교육은 평등주의에 입각해야 한다는 말들이 많았는데 학교를
없애자는 것은 더 큰 화를 입을 일이었다. 학교를 없애지 않기
로 한 일은 잘 한 일이었다. 이렇게 생각하고 나니 학부형들도

에듀가 원망스러웠다.

"왜 자꾸 에듀는 문제를 일으킬려고만 할까. 턱을 높이 쌓자고 하면 쌓고 연습을 열심히 하라면 하면 그만이지 괜히 문제를 만들어 학부형들을 현혹시키고 망신시키고 괴롭히려는 걸까. 아마 에듀는 악취미가 있는 게 틀림 없어."

하고 에듀에 대한 경계심을 드러냈다.

학부형들은 납자루 교장으로부터 받은 망신을 잊지 못했다. 여럿이 모인 학부형회에서 납자루 교장의 협박은 오랫동안 화제의 중심에 있었다.

"졸업장이 필요 없으면 애들을 데려가세요. 말리지 않을 테니까요. 그렇지만 졸업장이 꼭 필요하다면 아무 소리 마세요."

하는 소리들 듣고 그야말로 아무 소리 못했던 학부형들이었다. 이 땅에 태어난 이상 벗을 수 없는 원죄라는 데야 더 할 말이 없었고 나중에 생각하니 구구절절이 옳은 말이어서 남는 건 망신을 지우는 일뿐이었다. 체면을 회복하는 건 학부형들에게 중요한 일이었다. 그러나 좋은 방법이 떠오르지 않아 묘수를 찾고 있는데 한 학부형이 '깔깔' 웃으며 한 마디 했다.

"뭘, 그런 걸 가지고 걱정하세요. 선생님한테 체면 살리려고 애쓸 것 없어요. 중요한 건 애들이 턱을 넘는 것이에요. 턱. 그렇지만 저렇게 자꾸 높게 턱을 쌓고 있으니 쉽게 넘을 수 없는 건 뻔한 일이에요. 그러니 이 좁은 강에서 꾸물대면서 걱정만 할 게 아니라 획기적인 걸 생각해야 해요. 그 방안이란 유학 가는 거예요. 유학 가는 게 그리 어려운 일인가요. 우리 집 큰 애도 유학 갔어요. 편지를 보내왔는데 거기는 아예 턱이 없대요.

그래서 학교와 수초를 들락거리며 자유롭게 크고 있어요. 턱 넘기 같은 공포에 찌들지도 않구요. 유학 보내기가 쉬운 세상이 됐으니까 그렇게 해봐요. 괜히 납자루 교장 선생과 자존심 싸움을 벌일 것도 없고 메기 원장 앞에서 설설 길 필요도 없어요. 방법이 얼마든지 있었는데 괜히들 걱정하고 있군요."

하고 당당하게 말했다. 학부형들은 귀가 솔깃해졌다. 여기저기서 웅성웅성하는 소리가 들렸다.

"맞어. 이 좁은 강에서 무한 경쟁하며 고통받을 게 뭐야. 이제는 외국도 이웃처럼 가까운 사이가 되었는데 말야."

학부형들은 유학이라는 대안을 들고 시름을 더는 모습이었다. 유학이란 강과 바다를 오가며 바다낚시를 하는 배에 펄쩍 뛰어 들었다가 배가 바다로 나가게 되면 배에서 펄쩍 뛰어 바다로 풍덩하고 들어가는 것이었다. 얼마나 턱 넘기가 어려웠으면 배를 타고 넘을 생각을 했을까 싶었지만 의외로 그런 방식을 시도하는 자도 많았다.

"배를 타고 턱을 넘는다?"

납자루 교장은 학부형들이 새로운 돌파구를 찾았고 그게 유학이라는 걸 알고는 처음에는 긴장했으나 곧 평정심을 되찾았다. 유학은 크게 위협적이 아니라는 판단이 들었던 것이다. 학부형회를 소집했다. 그 자리에서 일장연설을 했다.

"유학을 보낼려면 얼마든지 보내시오. 누가 그걸 막을 줄 알아요? 갈 만한 애들은 지금도 가고 있어요. 그렇지만 아무리 여러분들이 자녀들을 유학 보내고 싶다고 해도 다 보낼 수는 없을 거요. 철없고 어린 것들을 유학 보내는 것도 안쓰럽지만 그래도 보내겠다면 추천서도 써 주겠어요. 갈 애들은 붙잡고 있어봐야 시끄럽기만 해요. 그러니 유학 가겠다는 생각은 아주 잘한 거예요. 어서 보내도록 해요. 정말이에요. 가르칠 애들은 얼마든지 있어요."

결국 학부모들은 자녀들을 유학 보내는 것은 각자의 처지에 맞게끔 알아서 처리하는 수밖에 없게 되었다. 유학을 보낼 만큼 여유가 없거나 자신이 없으면 턱에 갇혀 턱 넘기 연습이나 하면서 턱을 운명으로 받아들이고 살 수 밖에 없었다.

에듀의 친구들은 턱 넘기 연습을 하면서 시간을 많이 보냈지만 실제로 턱을 넘는 건 먼 훗날의 얘기였다.

그런 대로 강에서의 생활은 재미 있었다. 소풍도 가고 음악회에도 가 보고 친구들과 함께 중딩영화를 만들어 보기도 했다. 되돌아 보니 턱 넘기 연습했던 악몽도 있지만 모두가 그런 건 아니고 아름다운 추억거리도 많이 있었다.

"그래, 우리가 자라던 남대천아. 잘 있거라. 때가 되면 다시 돌아오리라. 산천어나 피라미들은 우리가 돌아올 때 어떤 모습들일까. 그래도 환영은 하겠지."

몸이 부쩍 자란 에듀와 그의 무리들은 하구로 나갈 때가 되었음을 알았다. 턱은 맹장처럼 희미한 흔적만 있었고 그 위로 작은 소용돌이가 일고 있었다. 이 턱의 흔적은 '고입연합고사'라고 했다. 예전에는 이 턱이 무척 높아 거대한 소용돌이가 생겨났고 그 소용돌이로 인해 강이 들썩들썩했었다고 했는데 이것도 누군가가 삽을 들고 와서 파 없애 버렸다는 것이었다. 평준화를 하지 않았을 때는 지금의 대입턱만큼 높아 넘기가 어려

웠지만 이제는 다 옛 이야기가 되어 있었고 턱으로서의 명성을
잃은 지 오래였다.

이 소용돌이를 통과하는 건 그리 어렵지 않았다. 이미 진짜
턱을 넘을 준비를 오랫동안 해왔기 때문에 소용돌이를 넘는 건
문제도 아니었다. 그러나 역시 문제가 없는 건 아니었다. 소용
돌이를 통과하기 전에 친구들을 두 패로 가르는 게 문제였다.
하나는 인문계였고 다른 하나는 실업계였다. 꼭 그렇게 따로따
로 줄을 서서 통과해야 한다는 것이었다.

여기서는 소용돌이를 통과하는 게 문제가 아니고 줄을 따로
서야 한다는 게 문제였다. 그 이유가 몹시도 궁금했다. 하구는
눈 앞에 보이는데, 그리고 모두들 앞으로 나아갈 수 있는데, 세
상은 그들을 그냥 그렇게 두질 않고 있었다.

에듀는 인문계와 실업계로 나누어 각각 따로 나아가는 것도
잘 이해가 가지 않았다. 그와 그의 친구들은 각자 개성이 다르
기는 했지만 다 같이 하구로 가서 몸과 마음을 살찌우고 적성
과 포부를 키우며 뜻을 모아 함께 바다로 나가면 그만이라고 생
각했다.

강 하구는 그만큼 자신을 감싸줄 것이라고 여겼는데 턱 같지
도 않은 턱이 가로막고는 이리 저리로 갈라 놓는 것이었다. 동
사리 선생에게 물어 보았다.

"선생님, 바다로 나가면 다 함께 힘을 모아 살아가야 할 텐
데 왜 하구로 나갈 때 친구들을 가르는가요?"

"그건 너희들이 타고 난 재주가 다 다르기 때문이지. 그 차
이를 확인해 주고 계발할 수 있도록 도와주기 위해서지."

"그걸 바다에 나갈 때 하면 안 되나요. 그 때는 철이 들고 각자 자기의 적성을 잘 알아 실수 없는 선택이 가능하지만 지금은 이것도 하고 싶고 저것도 하고 싶고 적성도 잘 모르겠고 그래요. 그 게 적성 가르기라면 늦출수록 좋은 게 아닌가요?"

"그렇지 않다. 이를수록 좋은 거지. 그만큼 영재가 될 가능성이 높은 거야. 집중지도를 받을 기회가 많아지니까. 너무 늦게 적성을 발견하면 꽃을 피우기 전에 시들 수가 있는 거야."

"그렇기는 하지만 그를 핑계로 해서 평생을 구두 수선공으로 살 게 하거나 목공으로 살게 하고 정치권력은 조금도 나눠주지 않았던 게 중세시대 아니에요? 어릴 때 누구나 갖는 이런 저런 호기심이 적성은 아니잖아요. 세상이 빨리 변하고 있을 때는 한 가지 밖에 모르는 것보다 이런 저런 것을 조금씩이라도 많이 경험하게 하는 게 적응하기에 쉽지 않겠어요. 그러나 무엇보다도 자기 인생에 대한 결단을 늦출수록 실수가 적고 후회가 없잖아요. 선생님은 어땠어요? 영재를 위해서 조기 적성교육을 할 필요는 있겠지만 인문계와 실업계로 나누는 것은 영재교육과도 다른 것이잖아요. 실업계로 가는 애들은 자기 뜻보다 부모들 경제력 때문이잖아요. 그렇다면 애들이 자기 때문도 아닌 이유로 부당한 차별을 받는 것이지요. 이런 무리가 어디 있어요. 누가 바다로 나갈 생각을 포기하고 기름때를 만지며 살고 싶겠어요. 공돌이 공순이 소리 듣고 싶지 않대요. 다 함께 하구로 나갈 수는 없는 것일까요?"

"무슨 얘기인 줄 알겠다. 인문계니 실업계니 하고 나누지 말고 함께 공부하게 하자는 것이지. 좋은 방안이다. 그런 학교를

종합고등학교라고 하지. 나도 일리가 있다고 생각한다. 그렇지
만 어차피 직장을 갖고 일하며 살아야 하기 때문에 그리고 공
부에는 취미가 없는 애들도 많기 때문에 실업교육을 시키는 것
은 교육적으로 중요한 것이야. 또 제도라는 건 잘 안 바뀌는 거
야. 안정성이 중요하기 때문이지. 요즈음은 외국어고등학교나
과학고등학교처럼 특수목적 고등학교가 새로 생겨나고 있어. 하
구로 가는 길이 여러 개로 나뉘어지는 추세야. 너도 너에게 적
당한 길을 선택해야 한다."

고 재촉하는 것이었다.

에듀는 인문계를 선택하였다. 실업계를 선택하는 건 북태평
양으로 나가지 못하는 걸 뜻하는 것 같았다. 기껏해야 동해의
연안을 배회하면서 쭈굴스럽게 살아가야 할 것만 같았다. 말로
는 적성을 개발해 주기 위해서라고 했지만 실은 낙오자를 가려
내 미리 떨쳐내는 경우가 많았다. 여기서도 설악의 정기가 녹
아든 눈 녹은 물을 마시고 자란 섀먼 종족들을 낙오시키려는 음
모가 엿보였다.

에듀는 종합고등학교만 가지고도 다 잘 교육시킬 수 있으리
라고 생각했다.

에듀는 친구들과 함께 소용돌이 속으로 나아갔고 쉽게 그곳
을 통과했다. 역시 그곳에도 비명이 새겨져 있었다.

'1973년 6월 28일에 턱을 허물다.'

5 하구

"자, 이제부터 신나고 멋진 생활이 전개될 거야."
하고 에듀가 소리질렀다.
"그렇지가 않아, 이제부터 고생길이 훤해."
치누크가 맞받아쳤다.

모두들 에듀의 말처럼 하구에서 재미 있는 추억을 만들고 싶었지만 현실은 치누크의 판단이 옳다는 걸 알고 있었다.

하구는 강과는 비교도 되지 않을 만큼 다양한 종족들이 몰려와 재미 있는 얘기들을 들을 수 있었다. 강과 바다를 넘나들며 제집처럼 사는 종족들도 있었다. 대부분 삼각주를 터전으로 삼아 풍요를 누리고 있었고 해양문화와 대륙문화가 만나는 하구는 번잡한 도시 같은 곳이었다.

강에서 사는 붕어, 잉어, 참붕어, 송사리, 버들붕어들은 바다에서 넘어 오는 숭어, 농어, 양태, 학공치, 복섬, 문절망둑, 날개망둑, 큰가시고기, 황어, 웅어들로부터 바다 얘기를 들곤 했다. 강에서 듣던 바다는 그리 넓지도 않고 먹을 것도 풍부하지 않고 위험한 곳이라고 했는데 사실이 아닌 것 같았다. 바다에서 넘어 온 고기들은 심성도 좋고 양심도 발랐으며 혈색도 좋고 몸집도 컸다.

그런 걸 보면서 바다로 나가고픈 유혹을 많이 느꼈다. 그러나 그런 생각을 하는 순간 본능적으로 두려움이 엄습해 와 고개를 도리질하며 강물을 거슬러 오르곤 했다. 강에서 사는 고기들은 바다에서 넘어 오는 고기들을 속으로는 부러워 하면서도 겉으로는 무심한 듯 혹은 바다에서 먹을 게 없어 동냥하러 온 열등한 종족이라고 비하하고 있었다.

하구는 사방에서 산물들이 몰려들었고 부들이나 말이나 가래, 검정말이나 개구리밥이나 연꽃 등의 수생식물도 잘 자라고 있었다.

에듀는 하구 한가운데 있는 「고등학교=하이스쿨」에 등록을 마치고 수초를 찾아 나섰다. 삼각주 한자락에 수초가 잘 자라고 있었고 바다와도 그리 멀지 않아 마음에 들었다. 에듀에게 있어 수초는 하루의 대부분을 보내는 곳이고 꿈 같은 안식처고 친구들과 놀면서 인생을 얘기하고 자연을 바라보며 명상에 잠기는 곳이었다. 수초보다도 더 은밀한 곳에 아지트도 구축해 놓았는데 그곳은 턱과 맞서고 턱을 허물고 새면 종족을 바다로 나가게 해주기 위해 온갖 정보를 수집하고 작전을 짜는 사령부와 같은 곳이었다.

물론 턱이 없었다면 아지트는 있을 필요가 없었겠지만 턱이 있는 이상 에듀와 그의 무리에게 있어서 아지트는 꼭 필요했던 것이다. 쏘가리 무리와 모래무지가 턱 주변을 둘러싸고 모여 회의를 자주 열듯이 에듀와 그의 친구들은 아지트에 모여 대책을 세웠다. 턱은 아직까지 아지트의 존재를 모르고 있지만 아지트는 턱을 노렸다.

에듀는 강물에 사는 종족들과 바다에서 사는 종족들이 만나는 하구에서 많은 걸 들을 수 있고 경험할 수 있어 쾌재를 불렀다. 턱을 허물 수 있는 좋은 정보를 들을 수 있을 것 같았다.

그러나 치누크를 비롯한 다른 친구들은 바다 얘기 같은 게 귀에 들어오지 않았다. 그들에게 있어 사는 목적은 오직 턱을 넘는 것뿐이었고 하구는 오직 턱을 넘는 가운데 단지 가볍게 스쳐 가는 나루터 같은 존재일 뿐이었다.

도회지같이 멋지고 신기하고 새로운 얘기들이 샘솟는 이런 좋은 곳을 외면하다니. 서태지도 모르고 HOT도 모르고 이정현도 모르다니.

에듀가 하구를 몇몇 친구들과 산보 삼아 휘돌아 보았는데 그의 기대에 어긋나지 않을 만큼 재미 있는 일들로 꽉 차 있었다. 공연장에서는 인기 연예인들이 힙합 댄스를 추고 있었는데 그런 것쯤은 에듀도 할 수 있을 것 같았다. 무대에 올라갈 기회만 주면 한바탕 춤을 춰 실력을 보여주고 싶었다. 강에서는 가 보지 못하던 술집도 틈틈이 들러 신나게 어울려 마시고 놀았다.

학교 선생님들은 이런 걸 못하게 했는데 이유는 턱을 넘는 데 방해가 될 뿐이라는 것이었다. 친구들은 정말 신나는 이런 일들을 보지도 못하게 하고 듣지도 못하게 하고 가지도 못하게 하고 하지도 못하게 하니 몸이 근질근질해서 못 견딜 지경이었다. 고문이 따로 없었다.

"어휴, 도저히 못 참겠다. 월드컵도 가 보고 싶고 야구장에
도 가고 싶고 힙합 댄스도 춰보고 싶은데 꼼짝도 말라니. 죽으
라는 얘기 아냐. 아이구, 못 참고 못 살겠다."

친구들이 놀러 가고 싶어 안절부절 못할 때면 어김 없이 미
꾸리 선생의 호통이 떨어졌다.

"야, 이놈들아, 턱을 넘을 거야 안 넘을 거야. 너희들 중 반
수는 못 넘어. 이게 어디 장난이냐. 쏘가리 무리에게 잡혀 먹히
기 싫으면 아뭇소리 말고 연습해. 힙합이 다 뭐야. 그런 거 정
하고 싶으면 턱 넘은 다음에 해. 그래도 늦지 않아."

하고 달래기도 하고 협박하기도 하는 것이었다.

턱을 넘고자 하는 새면 종족들에게 있어 하구의 휘황찬란함
은 일순간의 즐거움과 목숨을 거래하는 악마의 장난일지도 몰
랐다. 불나비는 불꽃을 찾아 몸을 태우면서 스러져 간다는데 하
구의 호사가 그런 건지도 몰랐다.

그렇지만 너무나 혈기가 방장하고 꿈이 많은 에듀와 그의 친
구들에게 일시적일지라도 기회를 주는 게 옳다고 그는 여겼다.
젊음이 무슨 죄란 말인가. 꽁꽁 걸어 닫고 책하고만 씨름하며
살라는 건 죽을 맛이었다.

"우리는 모두 턱을 넘을 수 있어. 아니 턱이 없을지도 몰라.
원래 없었던 건데 있다면 허물어 버리면 되잖아. 하구로 넘어
올 때 보았지만 턱이 있던 자리는 희미한 흔적 밖에 없잖아. 그
러니까 턱은 없는 것이나 마찬가지고 우리는 모두 다 바다로
나갈 수 있어. 너희들은 이 하구의 추억을 포기하고 웅덩이로
몰려 가지만 나는 이곳 저곳을 둘러보면서 즐거움도 맛보고 이

세상의 모습을 보다 가까이서 살펴 볼 거야. 곧 바다로 나가게 되면 이곳의 모습들이 그리워질 거야. 우정도 그리워질 거구 말야. "

하고 친구들에게 말했지만 웅덩이로 찾아드는 친구들은 그의 말을 조금도 들으려 하지 않았다. 선생들도 에듀에 대해서는 설득을 포기한 지 오래였다. 에듀는 몇몇 친구들과 수초와 삼각주와 놀이터와 공연장을 찾아다니며 놀면서 배우고 배우면서 놀았다.

에듀는 웅덩이로 몰려 가는 치누크와 그의 무리들을 보면서,

"너희들은 우리가 자라던 여울과 시내와 개천과 강과 이곳 하구에서의 생활이 못내 그리워 몸부림칠 날이 있을 거야. 그러다가 정 견디기 어려워지면 이 세상의 온갖 영화 다 버리고 목숨걸고 찾아올 거야. 세상 즐거움 다 버리고 고향보다 더 귀한 건 이 세상에 없네 어쩌구 하면서 말야. 이곳 생활의 낭만을 그토록 쉽게 포기하다니. 참으로 안타까운 일이지만 하는 수 없구나. 서로 길이 다른가 봐. 세상에 어디 교육운동가 하나 없나. 학창시절을 이렇게 보내게 해도 되는 건가."

하고 탄식했다. 바다로 나갈 만큼 6㎝나 되게 자랐고 생각도 깊어지고 철도 들 만큼 들었건만 아는 건 턱 넘는 것 밖에 없었고 생각하는 건 애들만도 못했다. 소설 한 권 제대로 읽어 보지도 못했고 영화관에 가 보지 못하는 건 물론이고 그 좋은 연애도 한 번 못해 보고 바다로 나갈 참이었다.

에듀는 스스로 배움의 욕구를 충족하고 있었고 이곳 저곳 다니면서 보고 들은 게 피가 되고 살이 되었다. 산동네들 찾아가

어려운 자들을 돌보고 병원을 찾아가 환자들을 간호하면서 세상에는 불행한 자들이 많다는 것을 알고 그들의 불행을 덜어드리고 싶었다.

에듀의 작은 손길에도 고마워 하는 걸 보면서 제 몸 하나 밖에 간수할 줄 모르는 건 섀먼 종족다운 모습이 아니라고 생각했다.

그가 생활 속에서 배운 진정한 가치는 불행을 함께 아파하는 것이었다. 이 세상은 즐거움도 많지만 그에 못지 않게 괴로움도 많고 진실로 해야 할 일은 괴로움을 덜어 주는 것이라고 생각했다.

이 세상은 폭력과 같은 범죄도 많고 질병도 많으며 신분이 굴레가 되어 삶을 옭죄고 있었다. 모두 세상을 힘들게 하는 것이었다. 그는 이곳 하구에 오기 오래 전부터 이 세상에는 즐거움보다 괴로움이 더 많을 것 같다는 생각을 하게 되었다. 당장의 턱만 해도 그가 보기에는 불순한 동기로 생겨난 것이고 진입장벽에 걸터앉은 쏘가리와 모래무지들도 악의 축일 뿐이었다. 하구의 번화함도 그의 통찰력을 가리지는 못했다.

그는 세상의 의미를 좀 더 잘 알고 싶어 조용히 수초 속으로 찾아들었다. 명상하기에는 수초 만한 곳이 없었다. 도시의 번화함을 뒤로 하고 갈대 숲에 자리를 잡은 그는 가슴지느러미를 모으고 기름지느러미를 비스듬히 한 채로 눈을 감았다.

"이 세상이란 무엇인가. 또 이 세상에서 나의 존재는 어떤 의미가 있는가. 나는 과연 내 뜻대로 사는 건가. 무엇이 가장 가치 있게 사는 건가. 왜 우리들은 나서 살다가 병들어 죽고 마는

가. 턱이란 무엇인가. 이 세상에서 나의 존재는 턱과 어떤 관계에 있는가."

처음에는 자신과 이 세상의 여러 문제들에 대해 의문을 던져보고 답을 찾아 그걸 다시 의문으로 삼았다. 화두는 새로운 화두를 낳느라 시간 가는 줄 몰랐다. 철학자가 된 것 같은 기분도 들었다. 그러나 조금 지나자 자신이 어떤 함정에 빠지고 있는 게 아닌가 하는 생각이 들기도 했다.

왜냐하면 온갖 것들이 의문뿐이고 아무 것도 해결된 것이 없음에도 불구하고 여전히 태양은 떠오르고 세상은 굴러가는 것이었다. 단지 자기만이 온갖 의문 속에서 자신감을 잃고 허우적거리고 있는 것 같았다. 의문은 묘하게도 의문의 자식을 낳고 그것들은 다시 의문의 손자들을 낳고 순식간에 수많은 의문들을 새끼치기 하고 있었다. 무서운 번식능력을 지닌 게 의문이었고 자칫하다가는 의문에 잠겨 익사할지도 모르는 일이었다.

너무 많은 의문을 제기하는 게 옳은 일만은 아니라는 생각이 들었다. 눈에 보이는 현상의 의문은 쉽게 풀리지만 현상의 배후에 있는 실체에 대한 의문은 쉽게 풀리는 게 아니었다. 그래서 그는 '그런 것은 알 수 없는 것'이라고 말한 칸트의 불가지론에 대해서 일리 있는 결론이라는 생각이 들었다.

"이 세상의 근본적 비밀은 알 수가 없는 것인가 봐."

그는 수초 속을 비틀비틀 헤엄치면서 겨우 빠져 나왔다. 친구들은 턱 넘기 연습하느라 여념이 없어 그가 왜 그리 핼쑥해졌는지 얼마나 기운이 없는지를 몰랐다.

그렇지만 몇몇 친구들이 다가와 눈치를 살폈다. 그는 그런 친

구들이 고맙기는 했지만 아무 것도 알아내지 못한 게 마음에 걸려,

"이 세상에는 알려고 해도 알 수 없는 일들이 많은 것 같아."

하고 자신 없는 목소리로 조용히 말했다. 그 일이란 현상의 세계가 아니라 배후의 세계 즉 물 자체라든가, 존재라든가, 실체라든가 하는 것에 대한 것을 뜻했지만 친구들은 알아차리지 못했다.

에듀는 눈 앞에 보이는 세상의 불행과 비극을 안타까워 하고 그 해결책을 찾아 보다가 그만 밑도 끝도 없는 배후세계로 빠져 버리고 말았던 것이었다. 눈에 잘 보이는 세계는 그렇지 않았지만 배후세계는 한 번 빠져 버리면 쉽게 빠져 나오기 어려운 무서운 세계였다. 운 좋게도 에듀는 용케 그곳을 빠져 나오기는 했지만 죽음 일보 전까지 갔었고 정신적으로 육체적으로 모두 기진맥진해져 있었다.

며칠씩이나 먹지도 않고 자지도 않고 명상에 잠겨 배후세계의 모습을 알려고 했으나 그 결과는 처참한 것이었다. 그는 마침내 그런 시도만으로 만족하고 진실을 알려는 노력을 중단했다.

그는 일상으로 돌아왔다. 하구를 휘둘러 보기도 하고 자기 종족과는 피부색갈이나 쓰는 말이나 생김새가 다른 물고기들과 어울려 보며 생기를 되찾았다. 하구에 사는 물고기들은 바다 소식을 많이 듣고 있었다.

최근에는 바닷물이 따뜻해져 하구로 올라오는 바닷고기들 수가 늘어나 듣고 보는 게 많아져 제법 국제적인 감각도 갖추어

가고 있었다. 동해바다에 돌고래들이 떼로 몰려와 논다는 소식도 들어 알고 있었고 100년 전에는 세계의 포경선들이 모여들기도 했다는 것을 알았다.

동해 바다가 얼마나 먹을 게 많은 풍요로운 곳인 줄을 말해 주는 것이었다. 따라서 바다에도 먹을 게 하구보다 많으면 많았지 적지는 않을 거라는 건 너무나 당연해 보였다. 그렇지만 그들은 여전히 바다로 나갈 생각을 하지 않았다.

"에듀야, 너희 종족들이나 바다에 나가서 살아라. 우리는 이곳이 좋아. 욕심이 지나치면 부족함만 못하대."

하고 바다에서의 생활을 포기하는 것이었다. 잉어같이 잘 생기고 제법 호연지기도 부려볼 만한 것들도 겁을 내기는 마찬가지였다.

에듀도 그런 얘기를 들을 때면 흔들렸다. 특히 이 세상의 진실을 알기 어렵다는 것을 깨달은 후로는 상당히 소심해졌다. 기름지느러미를 꼿꼿이 세우고 먼 바다를 가리키며,

"우리가 살 곳은 바다야. 다 같이 가서 멋지게 살아 갈 수 있어."

하고 큰 소리 탕탕 치던 모습과는 사뭇 다른 태도를 보였다. 어차피 이 세상의 의문도 풀지 못하면서 큰 소리 친다는 게 허황되게만 생각되는 것이었다.

"쉽게 사는 게 옳은 게 아닐까. 강물에 사는 종족들처럼. 괜히 내가 고집 피우는 건지도 몰라. 세계화가 다 뭐고 국제화는 또 뭐야. 고향만큼 좋은 곳은 이 세상에 없다고 하던데."

그는 치누크에게 다가가 자신의 고민을 털어 놓았다.

"어쩌면 네 말이 맞을지도 몰라. 턱을 없앨려고 했던 게 잘 못인지도 모르겠어. 턱이 없으면 왜 그 어려운 턱 넘기 연습을 하겠어. 턱 넘는 기술이 꼭 필요할 때가 있을지도 몰라. 세상의 질서도 꼭 필요한 것 같아. 턱이 그런 역할을 하는 것도 같아. 너는 지금도 턱이 꼭 있어야 한다고 믿고 있지?"

치누크는 에듀의 눈에서 깊은 고뇌와 갈등을 보았다. 한참을 생각하더니 갑자기 에듀의 옆구리를 가슴지느러미로 툭 치면서,

"에듀야. 너무 괴로워할 것 없다. 우리 턱 구경가자. 직접 한 번 가서 보자. 어떻게 생겼는지 말야."

하고 제의했다. 에듀는 좋다고 하면서 함께 바다와 맞닿은 곳으로 서서히 나아갔다.

턱 주변에는 낙오자들을 잡아채 어디론가 으슥한 곳으로 끌고 가는 쏘가리 떼와 모래무지들이 우글댄다는 얘기를 그 전부터 듣고 있었으므로 겁이 나기는 했다. 만일 실종되기라도 하면 큰 일이므로 개인적으로 턱에 접근하는 것은 금지하고 있었다.

그래서 둘이는 일단 비밀에 붙이기로 했다. 턱은 학교에서 정한 공식적인 날에 모여서 한꺼번에 다가가야 안전했다. 그런 날은 해마다 11월 16일 전후로 정해지곤 했었다. 둘은 턱에 대한 호기심이 너무나 강렬했으므로 심장을 두드리는 쿵쾅거리는 소리를 들으면서도 조심조심 앞으로 나아갔다.

고향 여울에서 처음으로 턱을 넘어 시내로 나갈 때도 새로운 세계에 대한 동경과 설레임으로 두근거렸지만 지금의 기분은 그 때와는 비교도 되지 않을 정도였다.

"야, 저 멀리 바다가 보인다. 과연 바다는 끝이 없구나. 우와, 넓다. 수평선 밖에 보이는 게 없구나. 저 바다와 우리 사이에 턱이 있겠지. 우리 조심하자. 쏘가리한테 잡혀 먹히지 않도록 경계를 늦추지 말자. 모래무지도 조심하고."

턱을 넘을 때는 아직 안되었지만 치누크는 그 동안 많은 연습을 하였으므로 턱 넘는 걸 자신하고 있었고 그건 에듀도 마찬가지였는데 그는 연습을 많이 한 게 아니라 섀먼 종족으로 태어날 때부터 턱쯤이야 하는 자부심을 갖고 있었기 때문이었다. 그런 자부심의 근거는 물론 설악의 정기가 스며든 눈 녹은 물을 마시며 자란 데에 있었다.

어쨌든 턱 넘는 데 자신만만한 둘이었지만 턱 주변의 쏘가리나 모래무지가 걱정이 되기는 했다. 턱을 넘으면 문제가 되지 않지만 지레 겁을 먹고 못 넘는 경우도 많다고 들었기 때문이었다. 섀먼 종족들을 괴롭히는 종족들은 턱과 마찬가지로 없어져야 할 대상이었는데 이 무리들이 틈만 나면 턱을 높이 쌓고 있어 골치였다.

이런 무리들도 턱이 없는 곳에서 어쩌다 섀먼과 그의 친구들을 만나면 함부로 대하지는 못했다. 특히 눈매가 반듯하고 광채가 나는 에듀를 보면 쭈뼛쭈뼛하면서 뒷걸음치곤 했다. 그들도 먼 바다로 나가서 살고도 싶었고 그런 걸 열망하는 섀먼 종족이 부럽기도 했다.

그러나 섀먼 종족들 가운데는 병들거나 등굽거나 속이 밴댕이 속만도 못한 녀석들도 있었는데 이런 못난 녀석들이 낙오할 때는 피라니아처럼 떼로 몰려들어 어두운 곳으로 끌고 가는 것이었다. 그러므로 에듀와 치누크가 그리 겁낼 일은 아니었다.

수면 위로 올라와 바다를 구경하면서 에듀는 기이한 느낌이 들었다. 강과 바다 사이에는 아무리 보아도 장벽이 보이지 않았다. 강은 바다와 이어져 있었고 강물은 아무런 제지도 받지 않고 거침없이 바다로 나가고 있었다. 용감한 새면 종족들도 주눅들게 하고 강물에 사는 물고기들이 바다로 나가는 걸 영원히 포기하게 만들며 산천어처럼 강으로 올라온 바닷고기를 영원히 돌아가지 못하게 인질로 삼는 턱, 38선보다도 더 완고한 턱이 바로 우리 앞에 놓여있다는 게 믿어지지 않을 정도였다. 아무리 보아도 보이지 않는 턱. 그러나 결코 없을 리가 없는 턱.

에듀와 치누크는 가슴지느러미로 천천히 물살을 가르며 앞으로 앞으로 헤엄쳐 나아갔다. 삼각주 끝을 지나고 물길이 휙 도는 소용돌이를 지났다. 삼각파도 속으로 진입하면서 등지느러미가 뻣뻣해지고 긴장감이 터질 듯이 부풀어 올랐다. 에듀의 말처럼 없는 턱이 치누크를 반길지도 몰랐고 아니면 치누크의 말처럼 절벽처럼 거대한 턱이 에듀를 가로막을지도 몰랐다.

그런 중에도 둘은 서로에게 두려움을 보이지 않으려고 필사적으로 호기를 부리면서 파도 속으로 머리를 밀어 넣었다. 그 순간 에듀와 치누크는 무엇인가 쇠망치 같은 것으로 얻어맞은 것 같았다. 그리고는 거의 기절하다시피 정신이 혼미해졌다. 아무 것도 보이지 않고 희끄므레한 게 가물가물 나타났다가는 사라지는 것도 같더니만 온몸의 기운이 쑥 빠졌다.

숨도 가빠졌다. 그들은 익사할 때 지푸라기라도 잡으려는 것처럼 발버둥쳤다. 조금 지나자 에듀에게 정신이 돌아오면서 사태를 짐작했다. 에듀가 소리쳤다.

"턱이야. 턱. 우리는 턱에 부닥쳤어. 치누크야, 너는 괜찮니?
어서 돌아가자."

치누크는 초죽음이 되어 죽기 일보 직전이 되었다. 긴장되어
조심스럽게 전후좌우를 살피며 앞으로 나아가고 있던 그들이 파
도와 부닥치면서 순간적으로 들이마신 바닷물은 그 진한 염도
로 인해 에듀와 치누크의 혼을 빼 버리고 말았다. 짠물이란 상
상도 못한 일이었다. 어떻게 바닷물이 짤 수가 있고 그 속에서
물고기들이 어떻게 살 수 있단 말인가. 자반이 되거나 미이라
가 될 수는 있을지언정 살 수는 없는 일이 아닌가. 바다로 나
가면 소금을 덕지덕지 바르고 살아야 한단 말인가. 어떻게 그
런 삶이 있을 수 있는 일인가.

에듀는 바닷물을 처음으로 마셔 보고 민물과 달리 그 짬에 크
게 놀랐지만 호기심이 많고 구경하기를 좋아했던 덕에 크게 놀
라지는 않고 이내 정신을 가다듬을 수 있었다. 바닷물이란 강
물과는 다른 걸 그들은 몰랐다. 강물이 바다로 가니 강물이
나 바닷물이나 그게 그건 줄만 알았지 자반 만들 때 쓰는 소금
을 뿌려 놓았을 줄 누가 상상이나 했겠는가.

치누크는 아예 기절을 해 쭉 뻗어 버렸고 아홉 개의 지느러
미가 다 흐믈흐믈해졌다. 하는 수 없이 에듀가 그의 꼬리를 물
고서 혼신의 힘을 기울여 강물을 거슬러 오를 수밖에 없었다.

턱은 그 곳에 그렇게 있었다. 에듀와 치누크는 그 턱을 보았
고 맡았고 느꼈다. 턱은 짠물이었고 바다의 염도는 새면과 그
의 무리 그리고 강물에 사는 모든 종족들이 바다로 나가는 걸

바닷물은 짧고 긴장하고 있던 에듀와 치누크에게 순간적으로 강한 충격을 안겨 주었다. 그러나 그 강도는 서로 달랐다. 세상 일에 관심 많고 경험 많던 에듀에게는 큰 타격을 준 게 아니었 지만 치누크에게는 결정타가 된 셈이었다. 아마도 치누크는 턱 넘기 연습을 하면서 턱의 위력에 대해 지나치게 두려워했던 것 같았다. 그렇지 않다면 그토록 뻗어 버릴 건 정도는 아니었기 때문이었다.

이 일이 있고 나서 에듀는 자신감이 되살아났다. 누가 보아 도 당당한 모습이 눈에 띨 정도였다. 그렇지만 치누크는 한층 위축되었다. 에듀에게 대하던 태도도 한 풀 꺾인 것 같았고 마 주보고 얘기할 때도 눈을 한 자락 깔고 얘기하곤 했다. 바다로 떠내려가 죽을 뻔했던 자신을 살려준 게 에듀였으니 그럴 만도 했다. 둘은 같이 바다로 나갔던 일을 아무에게도 하지 않기로 했다. 적어도 치누크가 자신감을 회복할 때까지는 비밀로 했다.

에듀는 그 날의 일을 곰곰이 되새겨보았다. 바닷물은 견딜 만 했으며 쏘가리 같은 무리들도 보이지 않았다. 그 놈들은 시즌 이 되어야 나타나는 것 같았다. 혼자서라도 나가고픈 생각이 들 었다. 치누크에게 같이 가자고 하면 거절할 것 같았다.

"그래, 혼자라도 나가 봐야지. 턱이 얼마나 넘기 어려운지를 다시 한 번 알아봐야겠어."

그는 친구도 없이 혼자서 외로이 그러나 의젓하게 바다를 향 하여 나아갔다. 유리 가가린이 단독으로 우주탐험에 나선 기분 과 비슷하다고나 할까. 그렇지만 지난 번의 경험이 모든 불안을 잠재워 주고 있었다. 어디선가 들려오는 근엄하면서도 인자함이 깃든 낯익은 목소리가 에듀의 영혼을 감싸주고 있었다.

"에듀야. 너는 두려워 말라. 해낼 수 있다. 바다로 나갈 수 있어. 너희 선배들이 모두 그 길을 따라 바다로 나갔단다. 턱은 강과 바다를 가르고 있지만 그건 너희들을 괴롭히기 위해 있는 게 아니란다. 너희들은 강이건 바다건 마음대로 원하는 곳에 갈 수가 있어. 그렇지만 너희들이 살 곳은 북태평양이야. 언젠가 너에게 말했던 것처럼 너희들은 내 품에서 추운 겨울을 보내고 봄이 오면서 잠에서 깨어나 새로운 삶을 시작한 것이란다. 이 세상을 위해서 가난하고 아프고 신분의 질곡을 헤어 나오지 못하는 자들을 위해서 그리고 자유를 위해서. 너는 꼭 그 일을 해내야 한다. 알겠느냐. 오노오르하이노우스 케타(연어)."

그는 삼각파도가 치는 곳으로 서서히 나아갔고 짠물은 쉼 없이 그의 입안으로 들어왔지만 열심히 내뱉으며 앞으로 앞으로 밀고 나아갔다. 마침내 그는 바다 한가운데까지 나올 수 있었다. 그는 하늘을 우러러 포효했다.

"누가 턱을 넘기 어려운 벽이라고 했던가. 보라. 이렇게 바다로 나온 내 모습을. 내 당당한 모습을. 아니 섀먼 종족의 후예를. 기름지느러미에 펄럭이는 기상을."

설악이 멀리서 고개를 끄덕이면서 인자하게 미소짓고 있었다.

에듀는 강으로 거슬러 올라와 원기를 회복해 다시 바다로 나가기를 몇 번씩 거듭했다. 담금질은 완벽했고 그는 변해 있었다. 머리도 등도 군청색으로 시퍼렇게 변해 있었고 눈에 훤히 보이던 가냘픈 핏줄도 살 속으로 숨어 보이지 않게 되었다.

피부는 모진 세파를 이겨낸 백전노장처럼 거칠고 두텁고 검고 진한 색깔로 바뀌어 있었다. 가슴지느러미와 등지느러미는 물론 꼬리지느러미에도 깊은 주름이 패여 있었고 마디가 뚝뚝 생겨나고 있었고 오직 기름지느러미만 새면 종족의 순수함을 지키려는 듯 청백색을 유지하고 있었다.

에듀가 바다로 나가면서 입으로 짠물을 뱉어내던 것이 그의 심신을 무쇠처럼 바꿔놓은 셈이었다. 그에게 바닷물은 더 이상 짠물이 아니었고 소용돌이도 삼각파도도 더 이상 그의 적수가 되지 못했다. 그에게 턱은 더 이상 존재하지 않았다.

학교에서는 치누크의 건의에 따라 가상 턱을 만들어 놓고 넘는 연습을 했다. 바다로 나갈 때 짠물을 마실 줄 알아야 한다면서 간장독을 통과하는 연습을 하는 것이었다. 아마도 치누크가 바닷물이 짜다고 말한 모양이었다. 친구들은 누구도 짠물을 마셔본 적이 없으므로 하라는 대로 열심히 간장독을 통과하는 연습에 열중했다. 그 전에는 소용돌이 통과 연습이 대부분이었는데 요즈음에는 간장독 통과 연습이 대유행이었다. 그렇다고 모두 간장독을 통과하지는 못했다. 반수 가까이는 독을 통과하지 못하고 독 밖으로 튀어나왔는데 '캑캑'하면서 배를 움켜쥐었다.

그럼에도 불구하고 다음날도 그 다음날도 똑같은 연습을 반복하는 것이었다. 선생님들은 그럴 때마다 조금만 더 열심히 하면 독을 통과할 수 있고 엄살은 소용 없다고 다그치는 것이었다.

"쏘가리한테 잡혀 먹히기 싫으면 연습해. 알았어? 몰랐어? 싫어? 좋아?"

하고 얼르기만 해도 친구들은 꼼짝 못하고 간장독에 코를 처박는 것이었다. 해가 떠도 간장독에 머리를 처박았고 달이 떠도 머리를 간장독에 담갔다. 다들 최면에 걸렸는지 아니면 다른 무슨 방도가 없다고 결론을 내렸는지 간장독에 들어가 살다시피 했다. 간장독이 뭐가 그리 좋은지 치누크가 연습하는 것을 보고 에듀가 안타까워 하는 눈초리로 물었다.

"치누크야, 네가 간장독에 머리를 처박는 연습을 하자고 건의했다면서? 그래서 모두들 저 난리를 치고 있구나."

"어쩔 수가 없잖아. 이건 죽기 살기야. 이제부터 나한테 오지 마. 당분간 안 만날 테야. 턱 넘고 나서 만나자. 바다에서 말이야."

하고 그의 등을 돌리는 것이었다. 에듀가 보기에 치누크의 등에는 소금끼가 더덕더덕 붙어 있었고 눈에는 핏발이 서려 있었다. 아무리 바닷물이 견디기 어려울 만큼 짠 게 아니라고 해도 치누크는 믿으려 하지 않았다.

에듀는 친구 없는 세상을 생각해 본 적이 없었다. 이제는 혼자서 바다에 나갈 수 있었지만 그럴수록 턱을 허물 생각을 골똘히 했다. 저 멀리 여울에서부터 다 같이 함께 바다로 가자고 수도 없이 많이 친구들과 언약을 했던 그가 혼자서 바다로 나가는 건 있을 수 없는 일이었다.

그는 학교생활에 애착을 보이기 시작했다. 전에는 그렇게 싫던 학교가 이제는 좋아지기 시작한 것이었다. 얼마 남지 않은 학교생활을 어떻게 하면 재미있고 유익하게 보낼 수 있을까를 생각했다.

물론 다른 친구들처럼 몸 비틀어 틈새 지나가기나 간장독에 머리 처박기 같은 걸 하지는 않았다. 선생님이나 친구들은 에듀가 연습을 제대로 하지 않는다는 건 알고 있었지만 별 문제 삼지 않았다. 모두들 제 일을 해내는 것도 벅차 했다.

에듀는 미꾸리 선생을 찾아갔다.

"선생님, 친구들이 간장독을 통과하는 게 너무 애처로워 보여요. 의미도 없구요. 바닷물은 간장만큼 짠 것도 아니구요. 저렇게 연습 안 해도 다 함께 바다로 나갈 수 있어요. 그러니 이제 그만 연습시키고 바다로 나가서 해야 할 일들에 대해서 얘기 좀 해줘요. 턱 넘기 연습에 몰두하느라 그 이후의 세상을 생각해 보질 못하고 있어요. 선생님은 진실을 알고 있잖아요?"

하고 호소해 보았다. 그러나 미꾸리 선생은 냉담했다.

"턱은 높고 반수는 탈락해. 아니 그렇게 되게 되어 있어. 너는 해마다 반 가까이가 낙오되고 있다는 사실을 모르고 있니? 그게 엄연한 사실인데 어떻게 연습을 중단시키라고 그러는 거야."

"그렇지 않아요. 나는 바다로 나가 보았어요. 절대로 바닷물은 그렇게 짜지도 않고 그 청량감은 말할 수 없이 상쾌해요. 몰래 바다로 나갔다 와서 죄송하기는 하지만 모두들 거짓말을 하고 있는 게 틀림 없어요. 간장독을 통과하느라고 우리 친구들이 모두 병신들이 되고 있어요. 이건 우리 종족에 대한 모독이에요. 연습 그만 시켜요."

에듀는 미꾸리 선생에게 대들고 큰 소리치다가 그 자리를 뛰쳐 나오고 말았다. 도저히 미꾸리 선생과 대화가 되지 않기 때문이기도 했지만 그의 말처럼 반수 가까이가 정말로 낙오되고 있는 것도 사실이었기 때문이었다.

자신에게 대드는 에듀를 보면서 미꾸리 선생도 어떻게 할 수 없었다. 에듀의 말도 맞기 때문이었다.

"그래, 네 말이 맞다. 바닷물은 너희들이 견디지 못할 만큼 그렇게 짠 게 아니란다. 너희들은 다 바다로 나갈 수 있구 말이야. 너희들은 설악의 정기가 스며든 눈 녹은 물을 마시고 자란 종족이니까. 빗물이나 고인 물 먹고 자란 종족과는 다르지."

하고 말해 주고 싶었지만 그런 말이 목구멍을 넘지 못했다. 쏘가리 무리나 모래무지 무리들이 턱 주변에 붙어 먹고 살기 위해서 턱을 쌓고 지키고 보수하고 리모델링하고 있다는 걸 말했다가는 쥐도 새도 모르게 사라질 것을 너무도 잘 알기 때문이었다.

에듀는 왜 미꾸리 선생이 자신에게 대드는 에듀에게 호통을 치지 못하는지 알고 있었다. 미꾸리 선생은 턱을 특별한 목적에 이용하고 있는 걸 알고 있었다. 턱을 교육적 질서를 만들어 내는 데 이용하고 있었던 것이었다. 턱 넘기 연습은 단순히 바다로 나가기 위해서만 하는 것은 아니었다. 신분을 가르는 데 있어 턱은 더 없이 좋은 수단이었다.

에듀는 턱이 어떻게 생긴 건지도 알게 되고 그 효용도 알게 되자 턱을 없애야 한다는 생각이 더욱 굳어졌다. 21세기에 이르렀음에도 불구하고 신분 가르기 한다는 것도 틀렸지만 그런 걸 바다로 나가는 길목에 진입장벽을 만들어 놓고 그 자리에서 하는 건 더욱 받아들일 수 없었다.

"우리는 바닷물이 얼마나 짠지도 모르면서 살고 있었던 거야. 허상 속에 살고 있었던 셈이지. 그런 허상을 깨트려 버려야 해. 이 세상의 더러움을 씻기 위해서 바닷물은 짜야 해. 온갖 것들이 몰려드는 곳이 바다인데 거기가 더러우면 안 되잖아. 그러기 위해서는 짠물이 필요한 거야. 생각할수록 신비한 거지. 이런 바닷물을 신분 가르기와 이권 챙기기에 이용하고 있다니. 말도 안 되는 소리야. 난 이제 그 비밀을 알았으니 문제를 푸는 건 시간문제야."

에듀는 저절로 자신감이 생겨나고 있었고 만나는 친구들마다 붙잡고 턱을 없애자고 큰 소리로 호소했다. 광야의 목자가 따로 없었다. 한편으로 들은 체를 하지 않는 친구들에게 욕도 잔뜩 해 주었다.

"간장독에 머리 그만 처박아라. 이 자반같이 생긴 놈들아. 아니면 기름지느러미 뿜질러 버리든지. 섀먼 종족으로서 챙피하지도 않냐. 예지원에서 불에 타 죽는 걸 보고도 웅덩이를 나올 줄 모르다니."

하고 욕을 해 주었다.

"사실 죽고 싶어. 온 몸이 뻣뻣해지는 것도 같고 졸립기도 해. 그래서 이런 걸 먹고 있지."

하면서 입 속에서 무언가를 한 움큼 뱉어내는데 자세히 보니 잠을 쫓는 카페인이었다.

에듀는 어이가 없었다.

"이봐, 친구야. 카페인이 얼마나 몸에 나쁜 줄 몰라. 당장에는 잠을 쫓을 수 있을지 모르지만 그 해독은 평생을 두고 나타나는 거야. 그 고통은 말로 다 설명할 수 없을 정도지. 당장 그만 먹도록 해. 요즈음 연예인들이 철창신세를 지는 경우가 많은데 처음에는 잠 쫓는 각성제 먹기 시작하다가 마약에 손대게 된 거야. 알기나 알고 그러니? 황수정이도 그렇고 또 누가 그렇더라?"

"우리는 괜찮은 셈이야. 턱 넘기에 자신을 못하는 친구들은 부탄가스를 마시기도 해. 이 지옥 같은 세상을 견디고 맞서자면 그것도 한 방편이지. 그런 게 없다면 아마 지금까지 살아오지도 못 했을지도 몰라. 올해도 턱 넘기가 끝나고 나면 많은 친구들이 이 세상을 비관하고 우리 곁을 떠날 거야. 나는 무슨 수를 쓰더라도 턱을 넘어야 해. 나를 키워 준 부모님들과 아껴 준 친구들 그리고 친지와 선배들의 기대를 생각해 보면 턱을 넘지 않고 달리 어쩔 도리가 없어. 그 다음을 생각할 겨를이 없어. 못 넘었을 때 어떻게 할 건지는 생각하기도 싫어. 그래서 이런 걸 매일같이 먹고 있는 거야."

하고 슬픈 표정을 지었다. 턱은 친구들을 약물로 중독시키고 있었고, 가출유혹에 시달리게 했으며, 자살충동에 괴로워 하게 하였다.

치누크는 에듀의 등이 검푸르게 변한 걸 보고 그에게 무슨 일이 일어났는 줄 짐작하고 있었다.

"에듀는 바다에 나가 본 것도 같아. 그렇지 않다면 저렇게 변할 수가 없지. 그런데 어떻게 나가 봤을까. 같이 갔을 때도 그렇게 혼났는데."

치누크가 보기에 에듀는 괴물 같았다. 기름지느러미를 꼿꼿이 세우고 턱을 허물어야 한다고 열기를 내뿜을 때는 혁명가처럼 비쳐졌다. 에듀가 보기에 치누크도 괴물 같았다. 소금보다도 더 짠 간장독을 유유히 헤엄쳐 나오는 모습을 볼 때는 외계에서 온 물고기 ET 같았다.

"간장독에 머리를 처박기보다 간장독을 깨 버리자. 설악의 정기가 스며든 눈 녹은 물을 마시고 자랐고 북태평양에서 살도록 선택받은 우리가 할 짓이 아니야. 우리의 기상이 다 쫄아 버리잖아."

하고 에듀가 말을 꺼내려 하자 누군가가 바다를 나가 본 듯이 아는 체를 했다.

"바다는 그리 넓지가 않대. 모두 다 나가면 먹고 살기가 힘들대. 그래서 바다로 나갈 놈들을 미리 추리는 거래. 말하자면 큰 바다에서 살 놈과 작은 바다에서 살 놈과 강에서 살 놈을 미리 갈라놓아야 다 살 수 있다는 거지. 그렇게 안 하면 대부분이 실업자가 되고 만대. 알겠어? 룸펜 같은 거 말야. 그래서 이렇게 가르기를 하는 거래. 난 세상에 한 번 태어났으니 멋지게 살고 싶어. 북태평양에서 호기를 부리며 살고 싶단 말이야. 그럴려면 이런 연습을 피할 길이 없어."

하고 바다를 가 본 듯이 말하는 것이었다.

에듀는 어이가 없었다. 한 번도 바다가 좁다고 생각해 본 적도 없었다. 그가 본 바다는 끝 없는 둥근 원이었고 자신은 원의 중심에 있었다. 하늘과 바다의 구별도 없었고 위도 아래도 앞도 뒤도 왼편도 오른편도 없고 과거도 미래도 없었다. 있다면 오직 중심과 변뿐이었다.

그 중심에 내가 있었고 그 변에 세상이 있었다. 누가 감히 세상을 이러쿵 저러쿵 말할 수 있을 것인가. 오직 설악이 명한 대로 바다에 나가 제 뜻대로 살면 되는 것을. 바다가 어떻다는 둥 얘기하는 것은 다 자기 행동을 변명하기 위해서 지어낸 말들이 틀림 없었다. 에듀는 친구들에게 자기의 생각을 얘기했다.

"그렇지 않아. 우리는 다 바다로 나갈 수 있어. 바다는 무한대야. 우리가 필요한 게 뭐든지 다 있어. 젖과 꿀이 흐르는 가나안 지방과도 비교할 수 없을 만큼 풍요로운 곳이야. 먹을 것이 부족해 편 가르기를 하는 것이라는 말은 터무니 없는 얘기야. 예전에는 보릿고개 시절에 피죽도 제대로 못 먹었다지만 종족수가 늘어났음에도 불구하고 이제는 모두가 맛있는 걸 배불리 먹으며 살 수 있어. 바다는 우리에게 기회의 땅이야. 알겠어 내 말을? 그러니까 지금까지 반 수 가까이를 희생시킨 것은 음모의 소산일 뿐이야. 우리는 누군가의 그런 음모를 깨뜨려야 해. 가장 확실한 방법은 턱을 허무는 것이고 말야."

넓은 바다를 생각하다가 턱을 생각하니 가슴이 턱 막히고 흥분되어 자기도 모르게 소리를 내질렀다. 친구들은 그를 진정시키느라 애를 먹어야 했다. 좀 진정이 되자 친구들이 물었다.

"너는 턱이라는 게 음모라고 생각하니?"

"그럼, 그게 음모가 아니면 뭐겠니? 피라미나 송사리나 갈겨니나 동자개나 산천어라면 몰라도 우리들은 자연스럽게 바다로 나가서 살 수 있는데, 그리고 설악이 그렇게 말했었는데, 턱이 있을 필요가 없잖아. 잘 알지도 못하면서 바다가 어떻다는 식으로 세상을 속이고 신분 가르기를 하려는 게 진짜 의도지."

턱이라는 것은 사회적으로 돈이 많거나 지위가 높거나 부모를 잘 만난 자들이 세습적으로 그런 지위를 유지하기 위해서 이용하는 신분유지 수단이었다. 상놈소리를 들으며 살아온 자들이 경제적 여유가 생기자 자식을 통해 못 배운 한을 풀려고 신분 얻기에 혈안이 되었고 이를 노려 모래무지나 쏘가리 무리가 턱을 쌓았다.

덕분에 턱은 넘기 어려운 것으로 여기게 되었고 돈이 쏟아졌고 신분도 매겨주었다. 그러므로 에듀가 주장하는 대로 모두가 턱을 넘을 수 있게 된다는 것은 새면 종족에게는 새로운 세상을 뜻하는 것이지만 모래무지나 쏘가리 무리들에게는 망조가 드는 걸 의미했다.

에듀에게는 바닷물도 짭조롬하고 고소했건만 그건 에듀에게만 해당될 뿐이었다. 아무리 바다로 나가 보았다고 말해도 믿으려는 자가 없었고 그건 치누크마저도 그랬다. 자꾸 얘기하는 것은 귀찮기만한 일이었다. 에듀를 미친 놈으로 보지 않는 것만 다행으로 여겨야 할 참이었다.

에듀는 역사를 좋아했다. 그 속에는 인류가 쌓아 놓은 지혜가 고스란히 담겨 있었다. 그가 특히 관심을 기울인 것은 물론 턱의 역사였다. 만리장성을 어떻게 쌓았는지 38선은 어떻게 쳐진 건지 그리고 입시 턱은 어떻게 쌓았는지를 서로 비교해 보는 건 아주 재미가 있었다.

그가 알아 보니 턱의 역사는 고려시대의 쌍기부터 해서 천년도 넘었는데 입시요강이라는 새 이름의 턱을 쌓은 지는 반세기 정도 된 셈이었다. 질기고 질긴 턱의 역사인 셈이었다.

턱을 만들기 적당한 곳은 개천에서 강으로 나갈 때였는데 그 때 멋있고 장대한 턱을 쌓아 악명을 떨쳤다고 기록되어 있었다. 에듀가 강으로 나갈 때 보았던 희미한 선이 바로 그것이었다. 희미하게 보이던 선이 우리 종족을 그토록 희생시켰다니 믿어지지가 않을 정도였다. 역사적 현장에서 비명도 보았지만 역사서를 뒤져 보니 모래무지와 쏘가리 무리에게 희생된 새먼 종족의 슬픈 역사가 자세히 실려 있었다.

이제는 하구와 바다 사이에 만리장성같이 지어져 명성을 이어가고 있었다. 에듀가 턱을 없앤다는 건 흉노족이 장성을 허물고 중원으로 쳐들어가는 것과 같은 셈이었다.

턱은 시대가 흐름에 따라 개천과 강 사이에서 강과 하구 사이로 밀려났다가 다시 하구와 바다 사이로 차차 밀려났지만 그것 자체도 자세히 보면 매해 높아지기도 하고 낮아지기도 했다.

여론이 너무 높다고 하면 낮추고 여론이 너무 낮다고 하면 높였다. 모래무지들이 그렇게 하고 있었는데 2001년도에는 턱을 너무 낮춰 원성을 들었고 2002년도에는 턱을 너무 높여 아우성을 들어야 했다. 2003년도에는 전년도보다 낮췄다고 했는데 알고 보니 오히려 높아서 문제가 됐었다.

역사를 미래의 거울이라고 했는데 그에 의한다면 2004년도의 턱은 다시 낮아지고 2005년도는 또 다시 높을 참이었다. 턱도 리듬을 탔다. 유심히 보면 누군가의 조작이 고스란히 드러나고 있음을 알 수 있었다. 에듀는 희망을 보았다.

역사를 뒤지다 모래무지들의 음모를 발견한 그는 다시 미래의 서적을 뒤졌다. 최근에는 미래학이 특히 각광을 받고 있었다. 서로 우는 미래는 교육에 달렸다고 하면서 누구에게나 하느님이 주신 창의를 얼마만큼 계발하게 하느냐가 모든 것을 좌우한다는 것이었다.

그래서 그런 미래를 열어갈 나라들의 턱이 어떻게 생겼는지 궁금했다. 그래서 알아 보니 턱이란 단어도 없고 그게 무엇을 뜻하는지도 모르고 왜 그런 게 필요한지도 모르는 것이었다.

다른 나라에서는 턱이라는 게 없는 걸 확인하고는 분통이 터져 환장해 죽을 지경이었다. 이 땅에 태어난 자신이 그렇게 후회스러울 수가 없었다. 북태평양으로 몰려드는 섀먼 종족들이 턱이란 걸 모르는데 우리만 이런 고생을 하면서 바다로 나가야 한다는 게 용납이 되지 않았다. 그것도 반 수 가까이를 모래무지와 쏘가리 무리에게 희생양으로 번제로 바쳐가면서 바다로 나간다는 걸 알고는 절망감에 몸을 떨었다.

"턱 넘기는 일제보다도 더 악랄한 짓이야. 김일성보다도 더 잔인하고 히틀러보다도 더 지독한 거야. 이런 저주가 이 땅에 내리다니. 오, 인자하신 하나님, 부처님, 공자님, 노자님, 알라님, 단군님, 증산상제님, 굽어 살펴 턱을 없애게 해 주십시오. 이 땅의 저희들이 불쌍하지도 않으십니까."

턱은 교실붕괴를 독촉했다. 선생들은 교실 앞편에 턱을 넘을 때 필요한 입시요강을 적어 놓고 뒷편에 7차 교육과정이라는 진도표를 붙여 놓았는데 선생들은 진도표를 보고 수업했고 아이들은 입시요강을 보고 따라가며 공부했다. 이런 불일치를 해소시키기 위한 노력이 최근에 있었는데 교육부에서는 입시요강에 잘 맞출 수 있도록 자율 보충수업을 하라고 했고 교육청에서는 교육과정에 잘 맞출 수 있도록 자율 보충수업을 하지 말라고 하고 있었다.

한 교실에 입시요강과 교육과정이라는 두 가지를 요구하는 게 무리라는 걸 알고 하나로 하자는 데서 진일보한 것이었지만 어느 하나만 교실에 붙여 놓을 수 없는 걸 그들은 더 잘 알고 있었다. 그렇다면 그런 논쟁이 노리는 건 딴 데 있는 셈이었다. 한마디로 티를 내고 싶은 것이었다. 원래 불가능한 것을 가지고 다툴 때에는 속셈은 따로 있는 법이었다. 웅덩이에서는 이런 불일치는 생각할 수 없는 일이었다.

이런 환경 속에서 에듀의 친구들은 시름시름 기운을 잃어가고 있었다. 산천어만도 못해 보였다. 산천어들은 산천어 나름대로의 이상과 꿈이 있었다. 에듀의 친구들은 간장독만 보면 몸을 부들부들 떨면서 마지 못해 원산폭격하는 자세로 고개를 처박고 있었다.

그는 세상의 진실을 배워 가면서 교육이야말로 어린 생명을 완성으로 이끌어 갈 수 있는 가장 유효한 수단이라고 생각했다. 만일 교육이 제 역할을 다 하지 못한다면 고귀한 생명을 파멸로 이끌 수도 있고 한 사회나 국가를 치명적으로 약화시킬 수도 있다고 보았다.

왜냐하면 교육은 자신을 성숙시키고 자연과 신을 알게 해 주는 위대한 그 무엇이라고 생각했기 때문이었다. 그러므로 교육의 본질이 침해받을 위험이 있을 때에는 무슨 희생을 치르더라도 막고 지켜내야만 하는 것이었다. 그러나 교사나 학부모나 교육정책 담당자나 교육을 지키기는커녕 아는지 모르는지 보았는지 못 보았는지 물에 물 탔는지 술에 술 탔는지 모르게 그렇게 그렁그렁 넘어가고 있었다.

웅덩이 선생들은 턱을 넘기 위해서 지느러미를 쓰는 요령과 혓바닥을 짠물에 적응시키는 방법 밖에는 가르쳐 줄 게 없는 것 같았다. 물론 지느러미를 쓰는 요령도 백 가지가 넘었고 혓바닥을 짠물에 견디게 하는 방법도 스무 가지가 넘었다. 어떤 경우에는 혓바닥을 모래에 비벼 감각을 무디게 하기까지 했다. 요즘은 퓨전이라는 게 나와 입맛이 더 간 것 같았다.

모래무지나 쏘가리들은 웅덩이 선생들이 턱 넘는 요령을 가르쳐 주는 만큼 턱을 높이 쌓아 대응했는데 다들 쉽게 넘게 되면 밥줄이 끊길 참이었다. 그래서 한 번 넘던 걸 두 번 넘게 하자거나 모래자루를 지고서 넘게 하자는 주장이 제기되곤 했다. 최근에는 수시와 정시로 시기를 나누어 보다 세심하게 감시의 눈길을 줄 수 있게 하자는 쪽으로 논의가 진행되는 것 같았다.

"우리 아이들을 입시지옥에서 풀어 주자."

는 구호가 나붙었기에 에듀가 반가운 마음에 쫓아가 보았더니 턱을 한 군데서 넘는 걸 두 군데로 나누어 기회를 넓혀 주자는 것이었다. 그렇게 하면 힘이 덜 드는 턱이 있을 것이므로 쉽게 넘지 않겠는가 하는 것이었다. 하도 어이가 없어,

"그러면 그게 친구들을 입시지옥에서 풀어 주는 게 되느냐."

고 물었더니 조금 쉬운 턱이 있으면 그만큼 쉬워지는 셈이라고 해서 그냥 돌아오고 말았지만 누구도 턱을 없애려고 하지는 않고 있었다. 목적과 수단이 전도되어 고등학교에서 대학교라는 한 단계 높은 다음 단계로 진입하는 그 과정의 절차와 방법

이 온 교육을 뒤흔들고 있음에도 불구하고 누구도 문제의 진실을 바로 보려 하지 않고 있었다.

학교에서는 교육의 본질을 외면한 채 교육원론에도 없는 입시위주교육이라는 이상한 교육으로 날을 지새고 있었고 사회에서는 오직 신분의 표지로 학교를 바라보고 있었다. 기업들은 돈벌이 수단으로 눈독을 들였다.

어쩌면 교육을 바로 세우는 것은 남북을 통일시키는 것보다 더 어려울지도 모른다고 생각했다. 그러면서도 턱의 실체를 밝혀내기만 하면, 그래서 허상을 벗겨내기만 하면 교육을 바로 세울 수도 있을 것 같았다.

"그래, 문제의 핵심은 저 턱이야. 나는 문제의 핵심을 알고 있어."

그는 미꾸리 선생을 찾아갔다.

"선생님, 턱을 없애 버려요. 학교나 웅덩이를 없앨 일이 아니에요. 제가 잘못 생각했었어요. 턱이 있는 한 친구들 중 반이 못 넘는 건 사실이에요. 전에는 그게 거짓말이라고 생각했지만 이제 보니 정말 그래요. 반이나 희생된다는 건 보통 일이 아니에요. 턱을 넘는 반수에 끼일려고 할 게 아니라 넘지 못하는 반수를 구해 줄 생각을 해야 하지 않겠어요? 새면 종족 반수를 희생시키는 턱은 우리의 원수들이란 말이에요. 이런 걸 큰일 난 걸로 보지 않고 못 넘을 것만 걱정하다니 말이 되나요. 우리는 단 한 친구도 낙오되지 않게 하는 방법을 찾아야 해요. 선생님, 우리는 모두 다 바다로 나갈 수 있어요. 괜히 못 넘게 만들어 놓고 바다가 좁다느니 먹을 게 부족하다느니 하는 쓸 데 없는 이

유를 대고 희생을 강요하고 있어요. 턱은 반수만 희생시키는 것
도 아니에요. 턱을 넘은 반수도 허약하고 겁 많은 못난이가 되
고 있어요. 바다사자의 밥이 되고 있대요. 그러니 턱은 반수가
아니라 모두를 희생시키는 것이에요. 제가 보기에 조금 있으면
나라가 망할 것 같아요. 양반 상민 가르는 과거시험이라는 턱
을 만들어 놓고 장난하다가 조선이 망했던 것처럼 말이에요."

하고 앞날을 걱정하자 미꾸리 선생이 말했다.

"내가 보기에 턱을 허물 길은 없다. 그러니 스스로 힘써 턱
을 넘는 수밖에 없다."

"웅덩이 선생들이 학교 선생님을 어떻게 보고 있는지 아세
요? 학부모들도 그렇구요. 사회는 선생님들을 존경하지 않고 있
어요. 그래도 좋아요?"

"하는 수 없지. 그렇지만 어쩔 수 없는 일이야. 나도 처음
에 교사로 임용되었을 때는 잘 가르칠려는 열정이 있었지. 그
렇지만 한 삼년 지나고 나니까 저절로 식더군. 남들처럼 말이
야. 분명히 말하건대 처음부터 열정이 없었던 것은 아니야. 우
리는 사회적 동물이야. 남들과 어울리며 살아가게 마련이지. 그
런데 혼자서 십년 이상씩 열정을 지니고 산다는 건 정상적인
건 아니야. 남들처럼 열정이 식는 것도 자연스러운 일이야. 문
제는 다 함께 열정을 이어가게 하는 건데 그건 구조적으로 접
근해야지 개인 개인을 두고 문제삼아서는 해결할 수 없는 일
이야. 너무 튀는 건 좋지 않아. 그러니 너도 안 될 일에 매달리
면서 너무 튀는 행동을 하지 않도록 해라. 인생이 불쌍해진단
다. 내 말 알겠지?"

하면서 오히려 에듀를 타이르려고 했다.

선생님의 말씀은 우리 사회가 교사들을 나무라는 것은 잘못이라는 것이었다. 사회가 교사에게 그렇게 되게 해놓고 비난한다는 것이 올바르냐는 태도였다. 반수가 낙오하고 나머지 반수도 빌빌하는 삶을 이어가게 할지라도 교사들은 할 말이 있다는 것이었다. 에듀는 무얼 어떻게 반박해야 할지 갈피를 잡기가 어려웠다.

"선생님, 그렇게 얘기하면 이 사회의 발전을 기약할 수 없는 것 아니에요?"

미꾸리 선생은 에듀를 물끄러미 쳐다보다가 한 마디 했다.

"너는 정말 어쩔 수가 없구나. 네 뜻이 꺾이지 않기만을 바란다."

고 하시며 어두운 빛을 띠는 것이었다.

에듀는 교육이 이권의 대상이 된다는 데 대하여 이해가 잘 되지 않았다. 지식을 사고 파는 게 이상했다. 지식의 내용으로 세상을 이롭게 해야지 지식 자체가 상품이 된다는 게 어이가 없었다.

예컨대 피타고라스의 정리를 가지고 거리를 측정할 수 있어야지, 거리를 측정하는 것과 관계 없이 그런 법칙이 상품처럼 거래된다는 게 잘못이라고 보았다. 쪽집게 선생은 지식 하나를 얼마씩에 팔고 있었다. 지식은 모두의 재산이라는 말은 적용되지 않고 있었다.

돈을 주고 사고 파는 거래의 대상일 뿐이었다. 거래가 제일 활발하게 일어나고 있는 곳은 웅덩이였다.

"너는 웅덩이가 얼마나 강이나 하구를 더럽히는지 모를 거다. 구린내가 나는 돈으로 강물을 오염시키고 있지. 그래서 요즘은 학교에서도 돈 냄새가 진동하고 있단다. 너희들도 돈 냄새 맡지 않고 학교 다니기가 쉽지 않지. 조심해서 깨끗한 물 흐름을 타야 해. 그렇지 않으면 구린내 맡으며 다녀야지 별 수가 있겠나."

선생님 말씀에 의하면 몇 년 전부터 웅덩이에서 쓰는 사교육 예산이 학교에서 쓰는 공교육 예산보다 많아졌다는 것이었다. 사교육의 부익부와 공교육의 빈익빈이 진행되고 있었다. 들리는 건 공교육의 내실화였지만 추세는 사교육의 번창이었다. 그가 보기에 턱이 있는 한 공교육이 사교육을 능가하는 것은 요원해 보였다. 사교육의 형태는 다양하게 변화하고 발전했으며 공교육이 사교육과 경쟁한다는 것은 처음부터 불가능한 것처럼 보였다.

"에듀야, 너도 알다시피 교육이란 가르치는 자와 가르침을 받는 자 사이에 깊은 정감이 오고 가야만 되는 거야. 하나의 생명체가 성숙한 단계에 이르기까지는 참으로 외경스러운 과정이 놓여 있지. 단순히 지식만을 전달해 주는 것이라면 그건 교육도 뭐도 아니야. 지식상품 거래에 불과할 뿐이지. 특히 한창 성장과정에 있는 청소년들에게는 심리적으로도 불안정하고 마음속의 갈등이 아주 많을 때야. 따라서 곁에는 꼭 선생님이 있어 줘야 하는 거야. 너는 친구들과도 상의하기 어렵고 선배나 어른들과도 상의하기 어려운 문제들을 많이 안고 있을 거야. 그렇다고 너를 모르는 낯선 자들이 너의 문제에 관심을 두지 않는 것도 당연한 일이구. 그럴 때 이런 저런 문제들을 너와 상의할 수 있는 자는 선생님 밖에 없어. 선생님들은 너희들의 친구이기도 하고 선배이기도 하고 부모님들이기도 해. 또 그런 역할을 해 줄 수 있을 때 진정한 선생님이라고 할 수 있지. 세상이 온통 턱 넘기 말고는 중요한 일이 없는 것처럼 설쳐대니 너희들과 대화할 시간이 없구나. 너희들이 우리들보다 더 바쁘니까. 어쩌다 세상이 이렇게 삭막해졌는지 모르겠구나. 너희들은 아마도 선생들을 존경하지 않을 거다. 왜냐하면 서로 대화할 시간이 없고 따라서 서로를 잘 모를 테니까. 안타까운 일이지만 그게 현실이란다. 너희들이 훌륭한 선생님을 만나보지 못하고 학창시절을 보낸다면 너희들에게 말할 수 없을 만큼 큰 손실이란 걸 알아야 한다. 훗날 얼마나 섭섭해 할지 모르겠구나. 너는 스스로 배움의 기회를 찾고 자기계발에 노력하는 좋은 면이 있어 다행이지만 대부분은 그렇지가 않아 걱정이다."

에듀는 학원이나 학습지 출판사 같은 게 학교를 무력화시키는 것을 보고 안타까워 했지만 선생님마저 그것이 잘못이라는 말을 듣고는 용기를 얻었다. 턱 넘기를 핑계삼아 사교육이 공교육을 능멸하는 현실을 두고 볼 수만은 없는 일이었다. 웅덩이를 메꾸자고 개천에서 친구들을 선동한 적이 있는데 이곳 하구에 와서 보니 잘한 일이란 걸 알았다. 그 때 비록 실패했고 그리고 지금도 성공이 보장되는 건 아니지만 웅덩이를 메꿔야 하는 건 옳은 일이었다.

학교 선생님 중에서 턱 넘기 시범을 잘 보이는 분이 있다는 소문만 나면 어떻게 해서든지 웅덩이로 끌어들였다. 언젠가는

어떤 학교 선생님이 웅덩이로 가자마자 학교에서 받던 봉급의 20배를 받았다는 것이었다. 이런 얘기를 듣고,

"학교 선생님은 선생님도 아니야. 돈으로 평가하는 것은 옳은 건 아니지만 이렇게 큰 차이가 난다면 아무 것도 아니란 말이야."

하고 개탄한 적도 있었다.

교육이 이권의 대상이 된 지는 오래 되었는데 그 중에서 가물치 원장의 사업이 특히 번창일로를 걸었다. 웅덩이도 더 깊게 파서 에듀 또래의 친구들을 더 많이 끌어들이고 있었다. 그 속에 목욕탕보다도 더 큰 도크를 만들어 놓고 간장물로 목욕을 시켰다.

덕분에 이 웅덩이는 바다보다도 짜다는 소문이 돌면서 히트를 쳤다. 원생들을 세 반으로 나누어 서울대 반은 3분, 연고대 반은 2분, 기타대 반은 1분씩 도크 속에서 견디게 했다. 전문대학에 가고 싶은 원생들은 잠깐 들어갔다 나와도 좋다고 했다.

대부분이 제 시간을 지키지 못하고 도크를 뛰쳐나와 구역질을 해댔다. 정신이 몽롱해지고 기운이 쏙 빠지는 게 미칠 지경이었다. 그렇지만 가끔씩은 3분을 견뎌내는 녀석들이 나타나곤 했다. 그럴 때면 연락을 받고 어디선가 가물치원장이 허겁지겁 나타나 물맛을 보았다. 그리고는 물이 싱거워졌다면서 소금을 가마니 채로 들어붓는 것이었다.

가물치 원장의 속을 가장 썩히는 자는 의외로 치누크였는데 도크 속에 제일 오랫동안 참고 견디는 게 치누크였고 어떨 때는 실신한 상태로 도크 밖으로 실려 나오기도 했다. 그러다가

무슨 사고라도 나면 큰 일이었다. 간장과 소금으로 웅덩이의 소문은 자자했고 덕분에 사업은 번창하였지만 자칫하다가는 무슨 사고가 날지도 모르는 일이었다. 그래서 조용히 치누크를 불러 회유하기도 하고 협박하기도 하고 달래 보기도 하면서 적당히 타일렀다. 치누크는 턱 넘기를 위해서라면 무슨 짓이든 할 뜻이 있었으므로 쏘가리 원장의 말이 귀에 들어오지를 않는 것이었다.

"치누크야, 턱이 그렇게 높지도 않고 그렇게 짜지도 않아. 너는 턱 넘는 실력을 충분히 연마했다. 그러니 그만 연습해도 돼. 네가 열심히 짠물에 적응시키는 연습을 한 덕분에 우리 웅덩이가 크게 돈을 벌었다. 그래서 너에게 상을 주겠다. 앞으로도 계속해서 우리 사업에 관심을 가져 주기 바란다."

고 하면서 바닷지렁이를 먹으라고 보너스로 주었다. 간장에 절은 몸을 해독하는데 바닷지렁이만한 게 없다는 것이었다. 치누크는 가물치 원장이 턱을 넘을 수 있다는 칭찬을 듣고 나서 비로소 간장독에 들어가는 것을 그만 두었다. 가물치 원장이 경영하는 웅덩이는 번창일로를 걸었고 여세를 몰아 학습지 출판업에 뛰어들었다. 처음에는 웅덩이사업만이라도 잘하면 좋겠다고 했지만 그게 아니었다. 자기도 모르게 욕심이 나는 것이었다. 거기다가 출판업을 하는 친구가 '귀높이'인가 '코높이'인가 하는 학습교재를 만들어 대성공을 거두는 것을 보았기 때문이었다. 그 따위 학습지 팔아서 무슨 돈이 될까 했는데 그게 아니었다. 턱 넘기가 얼마나 어려운지를 잘 보여주는 문구를 찾아내 대문짝만하게 인쇄한 전단지를 뿌려대기만 하면 돈은 저절로 굴러 들어오는 것이었다.

"이 학습지를 보지 않으면 턱을 넘지 못합니다."

"턱을 넘지 못하면 죽은 목숨이나 마찬가지입니다."

"턱을 넘은 자들은 이 학습지를 보았습니다."

이런 문구들이 그야말로 떼돈을 벌게 해 주는 말들일지는 가물치 원장도 미처 생각 못했었다. 간장 도크에 몰려드는 애들 머리 수 세는 재미만 알았지 더큰 돈벌이가 있는 줄은 몰랐었다.

금맥을 발견한 가물치 원장이 전단을 만들었다. 배경사진으로는 산신령에게 백일기도를 드리는 모습을 넣었다. 문구는 다음과 같았다.

"턱을 넘지 못하면 물고기 축에도 끼지 못한다."

"대학다운 대학은 서울대학교 밖에 없다."

"과외비를 대기 위해서는 집을 팔아라. 정 팔 게 없으면 신용카드라도 갖고 와라."

"내신성적이 불리하면 검정고시를 노려라."

"학군이 좋은 곳으로 전학하라. 시교육청 앞에서 사흘을 기다리면 된다."

이런 문구가 적힌 전단지가 뿌려지고 학습지는 불티난 듯 팔려 나갔다. 돈 버는 게 이렇게 쉬울 줄 몰랐다. 쓸어 담는다는 표현은 아주 진부한 표현이었다.

출판사 편집부원들도 꽤 재미 있는 문구를 만들어 전단지에 실었다.

"우리 나라 수학은 우리가 책임지겠습니다."

"영어는 윤 선생이 제일 잘 압니다."

"교육은 창의력이 제일입니다."

가물치 원장은 퇴직하는 고위 교육정책 담당자들을 데려오는 데에도 열심이었다.

새로운 입시제도를 재빨리 알아내는 데는 이들이 최고였고 이들에게 적당한 직함 하나 주고는 뒷돈을 대주면서 로비스트로서 활용했다. 변화가 있을 듯하면 변화에 촉각을 세우도록 하고 변화가 없을 듯하면 변화의 바람을 불어넣도록 했다.

해마다 미세한 바람이라도 불지 않으면 안 될 일이었다. 국어시험 문항 수를 늘린다든지 수학을 Ⅰ,Ⅱ,Ⅲ으로 나눈다든지 하여간 똑같게 해서는 수지가 맞지 않았다. 턱은 해마다 그 모습이 조금씩 달랐다.

붕어가 가물치 원장에게 다가왔다. 그는 이웃 웅덩이에서 입시문제를 다루는 연구실을 맡고 있었다. 가물치 원장이 크게 사업에 성공한 것을 알고 찾아온 것이었다.

"좀 더 많이 벌 수 있는 길을 알려 드리지요."

가물치 원장은 이미 돈의 노예가 되어 있었다.

"애들은 언제나 턱을 넘는 게 쉽기만을 바라지요. 따라서 그 애들의 말을 들을 필요는 없어요. 교사나 학부형들은 턱을 넘기가 어렵기를 바라지요. 우리들하고 이해관계가 맞아떨어져요. 그러니 가물치 원장께서 정부에 로비를 좀 하세요. 길도 있는 줄 알고 있어요. 어떻게 하는가 하면 턱을 여러 번 넘게 하세요. 턱만 넘고 짠물만 통과하게 할 게 아니라 턱까지 오는 동안의 일기장도 전형자료가 되게 하는 것이지요. 긴 능선을 타고 오르는 동안에 있었던 일들을 성적 산출하는 데 포함시키면 그만큼 교사나 학부모나 우리들의 뜻에 맞게 돼요. 내신도 턱이 되게 하는 거지요. 꼭 수능만 갖고 턱이 되게 할 건 없잖아요. 애들이 밤잠도 못 자고 제대로 놀지도 못 하며 수초에 가지도 못 하는 걸 애석하게 생각하다가는 학부모들에게 몰매 맞을지도 몰라요. 턱을 여러 번 그리고 높게 쌓으라고 독촉이 성화 같다니까요."

가물치 원장이 반대할 리는 애초부터 없었지만 학부형들의 뜻이 그렇게 강렬한지는 몰랐다. 턱 넘기를 어렵게 하면 할수록 학부형들이 좋아한다? 그렇다면 그건 식은 죽 먹기 아닌가.

그런데 왜 학부형들은 턱 넘기가 어려울수록 좋아할까. 잘 납득이 되지 않았다. 그 이유를 붕어에게 물으니 답답하다는 듯이 설명하는 것이었다.

"턱 넘기가 쉬우면 다 바다로 나갈 테고 그것도 북태평양으로 가는 직선 노선으로 몰려들 게 뻔한데 그렇게 되면 어깨가 부딪쳐 잘 갈 수 없잖아요. 이왕이면 여러 번 걸러 턱을 넘은 자가 얼마 되지 않게 해 그들끼리 여유 있게 북태평양으로 가게 해 주자는 것이지요. 누구나 다 넘는 턱은 턱이랄 게 없으니까요."

가물치 원장은 무릎을 쳤다.

"턱은 태산처럼 높아야 하고 바닷물은 간장처럼 짜야만 해. 그렇게만 한다면 세상의 돈은 이제 다 내 것이나 마찬가지야."

학부모들을 만족시켜 주기 위해서는 턱 넘기가 어려워야 했고 그러면 그럴수록 환영을 받았다. 턱을 넘기 쉬웠던 해에 학부모들이 얼마나 불안감에 떨어야 했는지 남들은 잘 몰랐다. 천문학적인 돈을 쏟아 부어도 뛰는 성적이 나오질 않으니 실로 난감했었던 적이 있는데 학부형들의 이런 심정을 가물치 원장이 잘 이해해 주고 있었다. 신문이건 방송이건 턱 넘기가 쉬워져 큰 일이라는 글들이 연일 실렸고 학력이 저하되어 국제 경쟁력이 떨어진다고 아우성이었다.

언제부터 국제경쟁력을 그렇게 걱정해줬는지 알 수 없었다. 거기다가 몇몇 대학들도 턱 넘기가 어려워야 한다고 소리치고 있었다. 어려울수록 안심이 되는 턱. 출세가 보장되는 턱. 쉬우면 큰 일나는 턱. 그게 턱의 생리였다. 교육을 걱정하는 자들이라면 모두 턱을 높게 두텁게 견고하게 쌓으라고 요구하고 있었다.

"고맙네. 자네 말이 맞아. 정부에서는 학부모나 교사들의 뜻을 거부하지 못하지. 마지 못해 끌려가는 듯하면서도 싫은 기색을 안 하지. 누이 좋고 매부 좋다는 건 다 이를 두고 하는 말이지. 그런데 붕어 실장, 새로운 무슨 방안이라고 있나?"

"3단계 턱 넘기를 하면 됩니다. 고등학교에서도 출제하고 대학에서도 출제하고 정부에서도 출제하게 하는 겁니다. 수능과 내신만 가지고는 부족합니다. 본고사도 보게 하는 것이지요. 요즘 구술고사 정도 가지고는 안 되고 그 전처럼 본고사를 딱 부러지게 보게 하는 거지요. 내신으로 한 번 거르고 수능으로 다시 거르고 본고사로 다시 한 번 더 거르게 하면 돈 많은 학부형들이나 일등 대학들이나 일등 신문사들이 불안감을 씻어주는 아주 확실한 방안이 등장했다고 환영할 것입니다."

가물치 원장은 붕어에게 덥석 절부터 올렸다. 붕어의 등지느러미가 바늘같이 빳빳했지만 가물치 원장에게는 신념의 소유자의 상징처럼 보였다. 가물치 원장은 3단계 턱 넘기를 건의했고 정부에서는 그의 제안을 수용했다. 내신 과외, 수능 과외, 논술 과외 모두 할 수 있는 세상이 되었고 과외시장은 황금시장이 되었다.

돈이란 많을수록 부족함을 느끼게 하는 마력이 있는 것 같았다. 원래 돈이란 이해하기 어려운 구석이 많이 있지만 특히 가물치 원장에게 있어 그러했다. 빌 게이츠만큼 벌지 못한 게 한이 되었다. 돈 버는 일이 그토록 쉬움에도 불구하고 자기보다도 더 돈 많은 자들이 세상에 수두룩하게 살고 있다니 견디기 힘든 일이었다.

가물치 원장은 디지털 시대에 웅덩이 속에서 꼼지락거리고 있을 일이 아니라고 생각했다. 과외영역을 넓혀 놓았으므로 이제는 수단을 확대할 차례였다. 과외방송 붕어실장의 조언을 참고로 해 공중파와 케이블 방송 네트워크를 구축하기로 했다.

하늘과 땅을 아우르는 전국 단일망을 형성해 투망식 돈벌이에 나설 생각을 한 것이었다. 그 첫 번째 조치로 교육방송을 민영화해야 한다고 떠들었다. 그렇게 되면 사서 운영을 할 참이었다. 교육방송의 상업방송은 지지도 많았지만 반대도 많았다.

지지하는 쪽의 주장은 이러했다. 그렇게 하면 외형적으로는 값싼 전파매체를 이용하므로 학부형들의 사교육비 부담을 덜어줄 수 있다는 것이었고 내부적으로는 직원들이 툭하면 봉급이 적다고 데모를 하곤 했는데 민영화시키면 정부에서 골치 아픈 일이 덜어진다는 것이었다. 제안을 접수한 후 정부 쪽에서는 수용하는 데 무게 중심을 두고 검토했다.

그러나 반대의견도 만만치 않았다. 민영화를 하게 되면 여론 조작을 하기 어려워진다는 게 문제였다. 세상이 알아주는 문제 많은 입시정책임에도 불구하고 지금까지 버텨올 수 있었던 것은 방송시설을 이용해 정당성을 강변하다 보면 절로 시즌이 지나가고 사안이 흐지부지 되어 문제를 피해 갈 수 있었는데 이런 홍보수단을 포기해야만 하는 것이었다.

아무리 조변석개와 같은 입시정책도 방송을 통해 열두 번씩 반복하다 보면 그럴 듯해지게 마련이었다. 정부 내부에서의 민영화에 대한 논의는 분분했는데 결국 교육방송은 그대로 두고 상업방송을 공중파가 아닌 지상파로 허가해주는 것으로 결론이 났다. 쏘가리 원장의 뜻이 부분적으로 관철된 셈이었다.

과외가 케이블을 타기 시작했다. 가물치 원장은 과외방송 채널 개통식에서 연설했다.

"여기에 모이신 대통령님, 국무총리님, 부총리 겸 교육부장관님, 교사와 학생과 학부형님 안녕하십니까. 그 동안 턱 넘기 때문에 고생들 많으셨습니다. 이제부터는 그런 고생할 필요가 없게 되었습니다. 우리 방송은 턱 넘는 비법을 아주 저렴한 가격으로 제공할 것입니다. 우리는 턱 넘기 완결편을 준비해 놓았습니다. 사실 지금까지 웅덩이나 학습지 출판사나 과외교사들이 여러분의 자녀들이 턱을 넘게 해 주겠다고 큰 소리쳤지요. 그렇지만 알고 보면 그 내용이 얼마나 조잡했는지 여러분이 더 잘 알 것입니다. 우리는 최고의 강사진을 초빙했습니다. 영어는

CBS의 앵커맨을 초청했고 수학은 노벨 물리학상 수상자를 모셔왔습니다. 국어도 신춘문예 당선자에게 부탁드렸습니다. 턱 넘기에 꼭 필요한 과목이 아니더라도 모두 개설해 학교교육을 대체하도록 하겠습니다. 이제는 직장 일도 집에서 할 수 있는 것처럼 공부도 집에서 방송 들어가며 할 수 있게 된 것입니다. 가방도 필요 없고 책도 필요 없고 연필도 필요 없고 선생도 필요 없고 교실도 필요 없고 운동장도 필요 없고…… 가만 있자, 뭐가 더 필요 없더라…… 그렇지 졸업장도 필요 없는 세상이 온 겁니다. 여러분. 여러분의 자녀들을 학교라고 하는 밀폐된 공간으로부터 해방시켜 주게 되었습니다. 95년도에 발표했던 5.31 교육개혁안이 표방하던 구호가 마침내 실현된 것입니다. 누구나 언제 어디서나 원하는 교육을 받을 수 있게 된 것입니다. 새로운 세상이 도래한 것입니다. 이를 축하합시다. 저희들은 여러분의 꿈을 실현시켜 드릴 것입니다. 모두들 저희들과 함께 '손에 손잡고 턱을 넘어서' 노래를 부릅시다. 대한민국 만세 만세 만만세."

가물치 원장은 웅덩이도 휩쓸고 학습지 시장도 석권하고 마침내 방송까지도 손에 넣게 되어 실질적으로 한 나라의 초중등 교육의 절대강자로 군림하게 되었다.

에듀의 친구들이 시름시름 앓으며 설악의 기상을 잃어가고 있어도 가물치 원장의 사업은 탄탄일로를 걸었다. 사업 별개이고 애들 문제 별개였다.

이런 상태가 지속되다가는 친구 애들은 전부 강에서 죽거나 동해바다에서 잡혀 죽고 북태평양 근처에 가 보지도 못할 것 같았다. 가물치 원장이 기고만장하면 할수록 에듀의 고민도 깊어만 갔다. 그는 미꾸리 선생을 찾아갔다.

"선생님, 가물치 원장이 마침내 우리 나라 사교육 시장을 석권했어요. 공교육 접수가 시간문제래요. 그냥 둘 거예요?"

"통일천하가 목전에 다가왔구나. 우리는 그런 역사적 순간을 지켜볼 수 있으니 행운아라고 해야 할지 아니면 불운하다고 해야 할지 모르겠구나. 학교에서 가르치는 걸 사교육이 맡아서 한 지는 벌써 오래됐어. 선행학습이라는 게 있어 왔지. 방송의 위력은 대단한 거야. 아직은 그 모습이 눈에 잘 드러나지 않고 있지만 조금 있으면 알게 될 거야. 도저히 웅덩이 강의나 학습지 수준가지고는 못 따라 갈 거야. 교실에 초고속망이 깔리기만 기다리고 있지. 그때가 되면 공교육이건 사교육이건 똑같은 모습으로 하나가 되는 사이버 교육이 중심이 되고 교사와 학생 간의 정감이란 무슨 말인지도 모르는 세상이 되지. 지금도 자폐증 환자가 늘어나고 있지만 그 때는 큰 사회문제가 될 거야."

미꾸리 선생은 빙빙 둘러가며 얘기하느라고 애썼지만 에듀는 그게 공교육의 소멸과 사교육으로의 단일화를 뜻하는 것이라는 걸 알고 있었다. 말로만 듣던 공교육의 접수가 실제로 그런 식으로 이루어지다니 놀라웠다.

조선조 말에 망국론이 퍼지고 천지개벽이 일어난다고 할 때 백성들이 긴가민가 했었는데 실제로 그런 일이 일어났고, 그 걸 보던 백성들이 어안이 벙벙했었는데 에듀는 타임머신을 타고 그 때로 돌아가 그 때 일을 보고 있는 것 같았다.

에듀도 공교육이면 공교육 사교육이면 사교육 하나면 충분할 것 같다고 생각한 적도 있었다. 그게 정 안 되더라도 서로 도우며 부족한 점을 보완하면 좋은 거지 무슨 문제가 있을까 했는데 알고 보니 서로를 돕는 게 아니고 서로를 부정하고 영역을 넓혀 가며 생존을 위협하고 있는 것이었다.

경합이었다. 그런 경합 중에 친구들은 학교로 웅덩이로 몰려다닐 수밖에 없고 학부형도 교사들도 휘둘리는 것이었다. 그렇다면 그런 경합관계를 보완관계로 되돌려 놓는 일이 중요한데 그게 쉽지 않았다. 공교육과 사교육이 서로 협조한다? 공동의 적이 있을 때에는 물론 협조했다.

예컨대 입시제도를 없애자고 누가 주장하면 거품을 물고 반대했는데 그럴 때에는 아주 협조가 잘 되었다. 그러나 그런 일이 없을 때는 서로 자기네가 턱을 잘 넘게 해 준다고 선전하면서 상대방은 있으나마나 하다고 비방하기 일쑤였다. 특히 사교육이 이런 비방을 많이 했는데 그건 사업상 그럴 수밖에 없는 걸로 이해되고 있었다. 이제는 공교육과 사교육이 공동영역에서 교육적으로 서로 협조할 수는 없는 게 명백해졌다.

그렇다면 교통정리를 할 때가 된 셈이었다. 더 이상의 시행착오는 무의미했다. 그런데 그걸 바로잡자니 산을 옮기는 것처럼 어려운 일이 되고 만 것이었다.

공교육과 사교육의 보완관계는 정부의 엄격한 통제가 있어야만 비로소 가능하지 정부가 그런 역할을 제대로 하지 않거나 못할 때에는 지금과 같은 일이 일어날 수 있는 것이었다.

에듀는 공교육과 사교육이 먹느냐 먹히느냐 하는 대판 싸움이 난 걸 보면서 결과는 뻔하다고 생각했다. 왜냐하면 턱이 있는 한 공교육이 사교육을 이길 수는 없는 법이었다. 이미 턱은 중등교육의 내용 자체를 지배하고 있었다. 어디를 가건 수업이 이루어지는 교실 앞편에는 입시요강이 붙어 있었던 것이다. 물론 뒷편에 걸린 교육과정을 보는 건 선생님들 뿐이었고 아이들은 그런 게 있는지 없는지도 잘 몰랐다. 볼 새도 없었다.

공교육과 사교육을 싸우게 한 것부터가 잘못이었다. 에듀는 학교에서 보충수업을 부활하고 사랑의 매를 드는 것도 허용하고 0교시 수업을 자율적으로 하도록 하겠다는 정부의 발표를 듣고 공교육과 사교육을 교통정리하는 일은 손을 댈 엄두도 못 내고 그렇다고 가만있자니 봉급 받아가는 게 미안하기도 해서 생색내기로 발표하는 게 아닐까 하는 생각이 들었다. 장관도 바뀌었는데 티를 낼 만도 했다.

공교육내실화 방안 발표를 보고 가물치 원장이 공교육을 접수할 날이 멀지 않았음을 에듀는 알았지만 세상은 그 의도를 간파하지 못하고 돈을 많이 쏟아부어 교사당 학생수, 학급당 학생수를 줄여 사교육을 누르자는 소리만 요란하게 들려 오는 것이었다.

"선생님, 턱을 없애는 좋은 방법이 없을까요? 턱만 없애면 가물치 원장의 의도를 꺾고 공교육을 지키고 나라를 구할 수 있을 텐데요."

"나라를 구하겠다는 심정으로 방안을 찾으면 왜 없겠니? 그렇지만 턱이 있음으로 해서 나라가 망한다고 생각들을 안 하고 있으니 문제지. 사실 나라는 쉽게 망하는 게 아니야. 그리고 망해야 망한 걸 알지. 아무리 망할지 모른다고 얘기해도 잘 납득

시키기가 어려워. 물론 나라가 망하건 말건 돈도 벌고 자기만 잘 살면 된다고 생각하는 자들도 많지. 어쨌든 턱을 없애야 간장독에 들어가는 연습을 하지 않을 건 틀림 없는 일이야. 네가 좋은 방안을 생각해 보렴. 난 잘 생각이 나질 않는구나."

"강물에 사는 종족들을 다 불러 모아 턱을 허물면 되잖아요. 턱 주변에 진치고 있는 모래무지와 쏘가리 무리들을 쫓아내고 말이에요. 그들은 가물치 원장의 하수인들이에요. 턱의 해악을 알리면 나서지 않을까요?"

"안 나설 거다. 아니 나서기 전에 쏘가리 무리한테 쏘일 염려부터 해라. 그들이 생존권 문제라고 들고 나설 게 뻔하잖니? 물론 그들도 강물에서 살 권리가 있다. 그들의 생존대책을 세워 주지 않고 턱부터 허물겠다고 하는 게 말이 되니? 그들을 어떻게 달래줄 수 있겠니? 너는 그 문제부터 먼저 찾아 봐라. 난 턱을 허물 길이 없다고 생각해."

턱은 난공불락의 성채와 같았다. 새면 종족의 반수를 희생시키는 턱이 그렇게 호락호락 무너질 리는 없었다. 선생님으로부터 턱을 허물 수 있는 아무런 도움도 받지 못하고 오히려 모래무지의 생존대책까지 수립해 줘야 한다니 혹 떼려다 혹 붙인 격이었다. 어쩌면 나라가 망하고 나서도 턱은 있을 것 같았다.

설악의 정기가 녹아든 눈 녹은 물을 마시며 자란 에듀의 친구들이 자반같이 뻣뻣해지고 눈동자는 동태같이 튀튀해져도 해결책이 없다니 과연 밀레니엄시대의 미스테리라고 할 만했다. 에듀가 마음대로 넘나드는 턱이 친구들에게는 공포의 대상이었고 쏘가리들은 살이 쪘다. 모래무지들도 이런 공포 분위기를 한

껏 부추기면서 이득을 챙기고 있었다. 공포의 먹구름이 짙게 깔릴수록 턱의 위세는 하늘을 찔렀고 황금이 쏟아졌다.

에듀는 처음부터 미꾸리 선생에게서 기대할 건 없다고 생각했지만 혹시나 했는데 결과는 역시나였다. 그렇다고 달리 무슨 방도도 없었고 찾아가 자문을 구할 만한 곳도 없었다. 스스로 문제를 풀 수밖에 없었다.

에듀는 바다로 나가는 게 아무런 문제가 되지 않았으므로 그리고 친구들이 야속했으므로 혼자서 북태평양으로 나갈까 하는 생각을 해 본 적도 있었다. 그러나 그건 아무런 의미가 없어 보였다. 다 함께 가서 다 함께 일하는 게 목적이고 보람이지 혼자서 잘 먹고 잘 사는 게 무슨 재미가 있을 것인가. 바다가재를 쿠키로 만들어 먹더라도 혼자서는 재미 없을 것 같았다. 그런 삶은 로빈손 크루소라면 몰라도 에듀가 선택할 이유는 없었다.

같이 가고는 싶은데 저렇게 간장독에 머리 처박는 일로 하루를 보내고 있으니 대책이 서지 않았다. 아무리 말려도 듣기를 하나 만나주기를 하나 자신을 오히려 왕따시키려 하니 미치고 환장할 지경이었다. 에듀는 수면 위로 힘껏 뛰어 올라 한 바퀴 돌며 허공에 대고 소리질렀다.

"에듀 살류. 에고에고 나 죽겠네."

강변에 있던 물새들이 놀라 뒤로 나자빠졌다. 에듀는 가슴에 시퍼런 멍이 드는 것 같았다. 잠시나마 턱을 잊기로 했다. 그게 자신을 살리는 길이었다. 풀리지 않는 걸 갖고 너무 집착하다가는 정신착란이 일어날 것 같았다.

그는 마음이 괴로울 때면 호젓이 수초를 찾곤 했다. 이곳에

만 오면 이상하게도 마음이 편해지고 온갖 번민이 사라지는 것
이었다. 턱을 허무는 방법을 찾지 못해도 그를 따뜻하게 맞이
하며 위로해 주는 수초가 있는 한 에듀가 샛길로 빠질 염려는
없었다.

　오랜만에 연극을 보러 갔다. 제목이 맘에 들었다. '신과 자
연과 나의 무대'였다. 에듀가 문제를 찾고 해결책을 찾아 헤
매다가 결국 찾지 못해 괴로워 하면서 얻은 결론이 이 세상에
는 내가 모르는 게 많고 그건 눈에 보이는 세계의 배후에 보이
지 않는 세계가 있기 때문이라고 생각했다. 이 보이지 않는 세
계를 볼 줄 알아야 문제의 해법을 찾을 수 있을 거라는 생각이
었다.

　친구들이나 선생님들이나 보이지 않는 세계를 잘 알려고 하
지 않는 것 같았다. 그들에게는 어쩌면 보이지 않는 세계는 없
는 세계나 마찬가지라고 생각하는 것 같았다. 그렇지만 에듀는
그렇게 생각하지 않았다. 왜냐하면 아무리 알아봐도 알 수 없
는 어려운 문제들이 세상에 가득한데 그렇다면 그건 보이지 않
는 누군가가 그렇게 만들어 놨기 때문이 아니겠는가. 보이지 않
는 세계가 있어서 비로소 보이는 세계가 만들어진 것이 아닐까.

　하나의 결과가 있다면 그렇게 있게 한 원인이 있을 수밖에 없
는 일이 아닌가. 보이지 않는 세계에 사는 자들의 이름이 신이
고 자연이었다. 신을 보고 자연을 본 자 어디 있을까. 에듀는
'21세기'라는 이름의 극장에 요금을 지불하고 입장했다.

　원형극장 한 구석에서 사회자가 연극에 대하여 간단하게 설
명을 하고 있었다.

"자, 관객 여러분 안녕하십니까. 조금 있으면 신이라는 이름의 배우와 자연이라는 이름의 배우와 나라는 이름의 배우가 등장해 멋진 연극을 펼칠 것입니다. 연극을 보기 전에 먼저 오늘의 세계를 한 번 휙 하고 둘러 보십시오. 잠실체육관에서 세계 복음화 대집회를 열고 있군요. 그 집회를 주재하는 신의 모습이 보이지 않는지요? 나는 그 분이 이 시대야말로 구원의 시대라고 하는 말씀이 귀에 쟁쟁하게 들려옵니다. 오디오로도 들을 수 있어요. 좋습니다. 또 한 편에서는 우주를 개척하는 탐사선이 날고 있군요. 대단히 빠른 속도군요. 자연이라는 자가 탑승해 과학의 무한성을 펼쳐 보이며 멋진 우주쇼를 하는군요. 그 분 덕에 돈 주고 우주여행할 날이 얼마 남지 않았습니다. 이번에는 저쪽을 쳐다보십시오. 인간성이 사라져 가고 있어 큰 일이라는 걱정스런 얼굴이 보이지 않습니까. 당대의 큰 사명은 인간성 회복이라는군요. 꼭 그럴까요. 여러분들은 이들의 연기를 즐겁게 감상하기 바랍니다. 그럼."

막이 걷히고 무대가 드러난다. 신이라는 이름을 가진 배우가 뛰어나오며 큰 소리로 외친다.

"유한한 생명과 끊임 없는 고통과 죄악에 시달리는 자들이여. 나를 따르라. 그리하면 구원을 얻으리로다. 내가 길이요 진리요 생명이로다."

무대 앞에 엎드리고 있는 자들이 그를 쳐다보며 찬송하고 경배한다.

"그대야말로 만물의 창조주이시며 섭리의 주재자이십니다. 저희들은 이제야 이 세상을 만드신 분을 만났습니다. 살고 죽는 것은 당신의 소관입니다. 하늘에는 영광이 땅에는 평화가 가득하기를 비옵니다."

절대자를 찾아냈다는 기쁨에 눈물이 흐르고 목숨을 걸고 믿고 따르겠다고 서약한다. 신은 미소를 띄우며 만족을 표시한다. 그의 행동에는 당대의 인기를 모은 명배우답게 위엄이 서려 있다. 그렇지만 속으로 더욱 권위를 높일 필요를 느낀다. 아무런 위협도 느끼지 않고 영화를 영원히 누리기 위하여. 그래서 그는 교의를 강화시켜 도그마의 경지에까지 이르게 한다. 그렇게 해야 안심이 되기 때문이다. 그러나 강화시키면 시킬수록 약해진다는 걸 그는 모르고 있었다. 교의를 절대화 시킬수록 의심이 생겨났다. 그를 표상하는 십자가가 세상을 덮을수록 그의 말은 힘을 잃어갔다.

"과연 이 세상은 그의 세상일까. 그가 만든 섭리의 세상일까. 천국은 있으며 우리는 그곳으로 갈 수 있을까. 육체는 죄의 근원이 아니라 기쁨의 근원이 아닐까. 이 세상의 고통과 질병과 전쟁과 혁명에 대하여 신은 대답했는가."

하는 의문이 쌓여 가는 것이었다. 신이 의심을 받는 절대절명의 틈을 비집고 자연이라는 배우가 등장했다.

"신은 물러가라. 여러분은 그를 믿고 따르기보다는 오히려 배척해야 하느니. 이 세계는 신의 세계가 아니라 그 자체로서 있는 것, 즉 자연의 세계뿐이니라. 자연이야말로 궁극의 원인이요. 본질이며, 무한 바로 그것이니라."

무대 앞에서 술렁이고 있던 자들이 자리에서 일어나 자연이라는 배우에게 열광한다.

"그래, 절대자는 신이 아니라 자연이었어. 우리는 속고 살아온 거야. 자연이야말로 비밀을 알고 있는 게 틀림 없어."

모두들 개구리를 잡아 뱃속을 들여다보고 그 엄청난 신비에 놀라워 하고 처음으로 들어 보는 심장의 힘찬 박동소리에 넋을 잃고 만다. 망원경을 만들어 별들을 세어 보면서 두려움을 느낀다.

"오, 이렇게 신비한 세계가 있을 줄이야. 자연의 힘은 위대해."

다들 자연을 찬미하기에 여념이 없고 자연은 기분이 좋아 틈틈이 그의 비경을 보여주면서 회심의 미소를 짓는다.

그런데 자연도 자신의 영화를 영원히 누리고 싶은 마음이 생긴다. 그렇게 하기 위해서는 자신을 절대의 경지로 끌어 올려야 할 거라고 생각한다. 그리하여 최후의 말을 하기에 이른다.

"너희들은 나로부터 나왔고 나에게 돌아올 수밖에 없는 존재이니라. 내가 만들었으니까."

"뭬야. 우리를 자연이 만들었다고? 수학적 공식에 따라 만들었고 우리는 복잡한 구조물에 불과하다고? 그럴 리가 없어. 오만이야. 우리를 어떻게 보고 하는 말이야. 운명을 계산해 낼 수 있다는 걸 어떻게 믿을 수가 있어?"

자연이 자신들의 운명을 조종한다는 생각이 들자 마구 부수기 시작했다. 삼림을 훼손하고 강을 막고 공장을 파괴하고 공기를 오염시켰다.

이 틈을 비집고 나라는 이름의 배우가 평범한 의상을 한 채 등장한다.

"자연은 물러가라. 어리석은 자들이여. 고뇌와 회의와 불안과 절망에 몸부림치는 불쌍한 자들이여. 그대들은 다 그렇고 그런 존재들이니라. 어차피 살아가지 않을 수 없는 자들이란 말이지. 여러분이 기다리던 나야말로 진정한 그대들의 친구이니라. 나는 진정한 목적, 진정한 가치, 진정한 삶의 존재야. 나는 자유를 사랑하노라."

나를 바라보던 무대 위의 무리들이 반미치광이가 된 듯이 길길이 날뛰며 발을 동동 굴렀다.

"오, 이제야 비로소 나를 찾았군. 그렇게 나를 찾기가 어려운 일인가. 신이 임하는 동안에 육체 속에 갇혀 옴싹달싹 못했고 죄악의 굴레를 헤어 나올 길이 없었지. 원죄를 뒤집어 썼었으니까. 자연이 군림하고 있는 동안에도 우리는 나무 한 조각 돌맹이 한 개와 같은 취급을 받으며 살아오고 말이야."

나라는 배우는 연설을 계속한다.

"너희들은 나를 믿고 따르라. 기쁨도 슬픔도 모두가 나의 것이야. 그러니 누구에게 줄 생각도 말고 받을 생각도 하지 마. 고뇌 그것이 나의 것이어늘."

무대 위의 연기자들과 객석의 관객들이 모두 일어나 두 손을 높이 들고 합창한다.

"이제 우리 모두 말할 수 있어요. 내가 최고야. 그리고 우리 모두가 최고야."

연극이 끝나 가려는 참에 한 쪽 구석에서 웅얼거리는 소리가 들렸다.

"내가 최고라고 해서 인생문제가 풀리더냐? 이 유한한 생명과 죄악에 시달리는 자들이여……."

"그대들이여, 세상을 너무 깊이 알려고 하지 마라……. 이 세계는 그 자체로 있는 것."

한 때 사라졌던 신과 자연이 다시 무대 위로 오르려고 연습을 하는 모습이 얼핏 보이는 것이었다.

에듀가 보기에 신이 등장하는 무대가 다시 펼쳐질 것 같았다. 아무리 내가 최고라고 하지만 그것도 의심스러운 경우가 있을 것이기 때문이었다. 그리고 그 후에는 다시 자연이 등장할 테지.

연극내용은 '신'과 '자연'과 '나'라는 존재가 물고 물리면서 역사가 전개되어 가고 있다는 것을 암시하고 있었다.

에듀는 과연 누가 이 세상의 문제를 해결해 줄 수 있을지 아리송하기만 했다. 어쩌면 신이 해 줄 것도 같았고 아니면 자연이 해 줄 것도 같았다. 정 안 되면 내가 나설 수밖에 없는 노릇이기도 했다. 기아와 질병과 전쟁과 혁명을 누가 다스릴 것인가. 이런 것들에 비하면 턱을 없애는 것쯤은 손바닥 뒤집기 같았다.

에듀는 수초로 돌아왔다.

어느덧 시간은 흘러갔고 턱 넘을 때가 강도처럼 찾아왔다. 분위기가 서서히 무르익더니 마침내 이 세상에는 턱 넘는 일 말고 중요한 것은 아무 것도 없는 것같이 되었다. 섀먼 종족의 반수가 희생될지도 모르는 공포와 불안이 하늘을 뒤덮었다.

에듀와 치누크와 그의 무리들이 서서히 바다를 향하여 나아갔다. 사느냐 죽느냐 하는 일생일대의 기로에 선 그들 앞에 댐처럼 거대한 턱이 나타났다. 모두들 숨을 '헉' 하고 들이쉬었다.

언제 저렇게 거대한 턱을 쌓아두었는지 에듀가 보기에도 놀랄 지경이었다. 전에 바다에 나가 볼 때도 없었던 턱이 실제로 버티고 서 있는 것이었다. 자세히 보니 급조하느라고 마무리 공사가 한참이었다. 모래무지들이 자갈과 모래와 진흙을 계속 나르고 있는 게 보였다.

공사가 잘 됐느니 안 됐느니 하면서 옥신각신하는 소리도 들렸다. 특차전형비율을 높여야 하느니 낮춰야 하느니 하며 다투기도 하고 있었고 국사와 세계사와 윤리와 제2, 제3외국어 과목을 넣느니 마느니 하며 떠드는 소리도 들리고 난이도를 높일 건가 낮출 건가 하는 걸로 입에 거품을 물고 있었다.

해마다 턱을 넘기 전후로 해서 벌어지는 소동은 이제는 아주 익숙한 세시풍속 같았다. 그런 가운데에도 턱은 완성된 모습을 서서히 드러내고 있었다. 과연 턱은 한 없이 높고도 두껍고 견고했다. 과연 그것을 넘을 수 있을지 믿기지 않을 정도였다. 모두들 두려움에 몸을 떨었다.

"정말 이렇게 하지 않으면 바다로 나갈 수 없는 걸까. 내가 바다로 나가 본 것은 허락 받지 아니 한 불법적인 밀항이었단 말인가. 바닷물을 끓여 소금을 만들어 먹는 것도 허락 받아야만 한 적이 있는데 이건 그것보다도 더 한 게 아닌가. 바다가 도대체 누구 것이란 말인가. 누가 이런 횡포를 부리고 있는가. 아무리 모래무지나 쏘가리 무리가 가물치와 손잡고 턱을 쌓으려고 해도 그걸 막아야 옳지 덩달아 턱 쌓기에 열중하는 정부는 뭐 하는 곳인가. 이래도 되는 건가?"

턱을 보면서 에듀는 분노가 치밀어 올라 죽을 지경이었다. 그렇지만 진정하고 찬찬히 턱을 살펴 보았다. 댐보다도 더 육중한 턱을 눈 앞에서 보면서 턱을 허상이라고 할 수는 도저히 없었다. 현실을 받아들일 수밖에 없었다.

문제는 없던 턱이 생긴 것임에도 모두들 원래부터 있는 걸로 여기고 있으니 그 점을 이해시키기가 어려운 점이었다. 이제 중요한 것은 원래 있었는가 여부가 아니고 어떻게 하면 턱을 넘을 것인가 하는 것이었다. 턱은 있는 것이었다. 턱은 새면 종족들에게 바다를 감추고 있었고 미래에 대한 불안감을 조성하고 있었다.

학부형들은 모이기만 하면 온통 성적이야기 뿐이었다. 자기네들끼리 모이거나 학교 모임에서 만나거나 혹은 웅덩이에서 만날 때도 주고 받는 정보들은 성적에 관한 것이었고 내용은 어떻게 하면 좋은 성적을 받고 턱을 잘 넘을 것인가 하는 것이었다.

그런데 얘기를 잘 들어보면 한 가지로 화제가 집중되고 있는 걸 알 수 있었다. 즉 북태평양으로 갈 수 있는 제일 빠른 코스가 있는데 어떻게 하면 그 코스로 나갈 수 있는가 하는 거였다. 턱을 넘는 것만 문제가 아니고 가장 빠른 코스로 연결되는 턱을 넘는 게 중요한 것이었다. 알고 보니 턱 넘는 것만 가지고 걱정을 하는 게 아니었다.

애들이나 학부형들이나 모두 제일 높은 턱을 넘으려 했다. 턱을 넘지 못해 두려움에 떠는 애들에게 한 술 더 떠 높은 턱부터 낮은 턱까지 등급을 매겨 두려움을 팍팍 안겨 주고 있었다. 학부형들의 지극한 관심이 비로소 이해되기 시작했다. 턱만 넘으면 되는 일도 아닌 상황이었다. 아무리 세상을 힘들게 살아가게 비틀고 꼬아도 이렇게 꼴 수는 없을 것 같았다.

바다로 나가 살겠다는 새면 종족들을 바다로 나갈 수 있는지 없는 지 심사한다는 것도 자존심이 허락하지 않는데 그 위에다 턱에다 등급과 서열을 매겨 다시 한 번 가르는 것이었다. 그렇게 해서 북태평양에 가게 해 주면 무슨 왕관이라도 쓰고 살게 되나. 오히려 기진맥진해서 바다사자의 좋은 식사감이라는 걸 아는지 모르는지 모두 턱을 높이별로 등급화 시킨 것을 당연한 것으로 여기고 잘 넘기 위한 정보를 얻는 데 혈안이 되어 있는 것이었다.

코스는 아주 질서 정연했다. 제일 높은 턱을 넘으면 제일 빠른 코스로 바다로 나갈 수 있었다. 제일 빠른 코스를 관악 코스라고 불렀고 그 다음 코스를 연고 코스라고 불렀고 그 다음 코스를 수도권 코스라고 불렀고 그 다음은 몽땅 털어 지방 코스로 불렀다. 그렇지만 촘촘하게 가른 안내서도 나돌아다녔고 심지어 같은 코스 내에서도 학부별로 학과별로 코스가 나눠지기도 했다. 한 마디로 서열표라는 배치서가 바닷길을 갈갈이 찢어 놓고 있었다.

"놀라운 일이야. 저 넓은 바다를 저렇게 세세하게 가를 수 있다니. 그런데 바다의 허락을 받기나 하고 그러는 걸까. 누구 맘대로 바닷길을 제멋대로 갈라놓지. 바다가 강처럼 그렇게 옹졸한 곳일까. 이건 횡포야. 강물에 사는 물고기들에 대한 협박

이구 말이야."

　에듀는 학부형들이 구해 온 대학 등급표를 보면서 어이가 없었다. 그가 생각하기에 바다는 스스로 노력하면서 열심히 살아가면 그만이고 턱을 넘으면 곧장 바다라고 생각했는데 그게 아니었다. 북태평양의 베링해까지 갈려면 동해바다를 지나 사할린 해협을 지나야 한다는 것이었다.

　동해바다는 우리의 주권이 미치는 영해이고 바다 밑으로 차선처럼 줄이 그어져 있다는 것이었다. 제일 높은 턱은 제일 빠른 코스로 들어설 자를 위해 만들어진 것이었다. 동해바다는 생각만큼 자유로운 곳이 아니었다. 나라의 주권이 미치지 못하는 태평양까지 가야만 비로소 신분 가르기가 횡행하는 나라를 벗어날 수 있다는 것이었다.

　확실히 그 나라 대한민국은 문제가 있어 보였다. 턱만 없애서 될 일도 아니란 말인가. 어쨌든 그 사회는 신분사회를 벗어나지 못한 것 같았다. 과연 한국의 학벌, 또 하나의 카스트인가란 질문이 실감이 나는 것이었다. 그렇다면 홍경래처럼 나라를 뒤엎어야 해결이 나는 문제란 말인가. 아무튼 배치표를 통해 바다가 어떤 구조인지를 알게 된 것은 소득이라고 할 수 있었다.

　모두들 관악 코스로 가는 턱을 넘고 싶어했고 정 안 될 때 연고 코스로 갈 수 있는 턱을 넘고 싶어했다. 그런 염원은 종교적 경지로 승화되고 있었다. 그 이외의 코스를 기웃거릴 때면 벌써 한 풀 꺾인 모습이 완연했다. 이런 강퍅한 심정을 이용해 덥거나 춥거나 낮이나 밤이나 산이나 들이나 독경소리 기도소리 찬송소리 주문 외는 소리가 울려 퍼졌다.

역시 가장 현실성 있는 방책은 웅덩이에서 열심히 턱 넘는 연습을 하는 것밖에 없었다. 턱을 허물겠다고 생각하지 않는 한 다른 대책이 없었다. 최근에는 웅덩이 가지고는 안되고 웅덩이 속에 웅덩이를 만들기까지 했다. 웅덩이 속 특별강좌를 들어야 한다는 것이었다. 이런 강좌는 일반강좌와 달리 골방에서 숙식을 해결하면서 한다는 것이었다.

섀먼 종족을 아주 죽이기로 작정한 것 같았다. 그러나 그건 에듀의 생각이었고 원생들에게는 오히려 대환영을 받고 있었으며 수강하려는 자들 사이에서도 경쟁이 치열하다는 것이었다. 세상은 온통 경쟁 밖에 모르고 있었고 생존경쟁의 정글처럼 변해 가고 있었다.

에듀가 어떻게 해서 이런 세상에 태어났나 하고 탄식하자 웅덩이 생활이 익숙해진 친구들이 눈을 껌벅이면서 말했다.

"너는 하나만 알고 둘은 모르는 거야. 생각해 보렴. 등급을 매겨 턱을 쌓은 것도 바닷길을 세세하게 가른 것도 다 나름대로 합리적인 이유가 있기 때문이야. 너는 그런 점을 잘 생각하지 않는 것 같애. 시험이란 복잡하고 어려울수록 좋은 시험이야. 시험을 안 본다면 몰라도 보기로 하면 서로간의 차이가 명쾌할수록 좋은 시험이야. 변별력이 없는 시험은 물에 물탄 것과 마찬가지야. 가상적인 얘기이기는 하지만 응시생이 80만이나 된다면 점수도 80만 개로 나누어질 수 있다면 제일 훌륭한 시험인 셈이야. 단 한 놈도 억울한 녀석이 생기지 않는 셈이니까. 그래서 턱 넘기가 저렇게 고난도가 된 거야. 그걸 무턱대고 비난해서야 되겠니? 저렇게 섀먼 종족들이 턱 넘는 연습에 몰두하는 건 질서 있게 동해바다를 건너 북태평양까지 가게 하기 위해서지."

하고 말했다.

에듀는 턱 넘기가 너무나 복잡하고 그마저 해마다 바꾸는 게 어이 없어 했지만 친구들 말에 의하면 전혀 그렇지가 않았다. 오히려 그렇게 복잡하지 않으면 안 될 참이었다. 에듀는 친구들의 말이 일리가 있고 논리도 정연하다고 생각했다.

시험이 있기로 하면 쉬운 시험이 도움이 되지 않는다는 건 이해할 만한 일이었다. 에듀와 친구들은 출발이 달랐다. 친구들은 시험이 있으니까 변별력이 있어야 한다는 것이었고 에듀는 시험이 교육을 교육답게 하지 못하므로 시험을 없애야 한다는 것이었다. 시험을 없애기로 하면 변별력이라는 것은 아무런 의미가 없는 것이었다.

친구들은 변별력을 위해서 시험이 고난도이어야 한다고 했지만 그건 사실 교육과는 상관없는 일이었다. 아무리 미세하게 세분한다고 해서 그게 시험에 응하는 자의 능력을 잘 나타내 주는 것도 아니었다.

이미 다 배웠다면 또 모르지만 한참 배우는 중에 있고 잠재적인 능력이 가득 찬 애들에게 칼같이 베어내는 변별력이라는 건 한 마디로 터무니 없는 것이었다. 친구들은 변별력이 필요하다는 주장 뒤에 숨은 속뜻을 깨닫지 못하고 있었다. 고난도 시험은 기득권자에게 절대적으로 유리했기 때문에 추구되는 것이었다.

턱 넘는 애들 가운데 다른 조건이 동일하다면 부잣집 애들이 절대적으로 유리할 수밖에 없었다. 왜냐하면 누구나 웅덩이에 갈 수 있는 게 아니었기 때문이었다. 자본주의 세상에서 부자들이 원하는 건 변별력 있는 시험이었고 친구들은 그들의 장단에 춤을 추고 있었다. 치누크의 의견이 궁금했으나 그도 마찬가지일 것 같았다. 무슨 일이 있는지 치누크는 보이지 않았다.

고난도 시험을 위한 입시요강은 상상을 초월하고 있었다. 800페이지가 넘는 두꺼운 책자가 만들어져 배포되고 있었고 이를 이해하기 위해 입시학이라는 전대미문의 학과가 생겨나고 있었다. 아무리 턱 넘기 연습을 잘 해도 입시요강을 잘 이해하고 시험과목과 수준과 날짜와 중복지원과 교차지원 같은 것을 잘 알지 못하면 헛수고가 될 위험이 있었다.

따라서 진로담당 선생들은 해마다 수시로 변하는 입시요강을 얼마만큼 잘 따라잡느냐가 중요한 업무가 되어 있었다. 여러 줄 세우기라는 미명하에 진로담당 교사들이 얼마만큼 잘 입시요강을 파악하고 지도하는지 하는 또 다른 경쟁이 진행되고 있었다.

학부형들도 고난도 시험을 요구하고 있었다. 시험이 어려울수록 뒷말이 적었고 쉬우면 쉬울수록 말들이 많았다. 이유는 턱을 넘기가 쉬우면 아쉬운 생각이 절로 나기 때문이었다. 그래서 여러 경로를 통해서 고난도 시험의 필요성을 주장했는데 가장 많이 이용한 통로가 언론이었다.

언론은 어려운 시험이 되어야 아이들이 공부를 제대로 한다고 주장했다. 그러나 실은 돈 많고 사회적 활동이 활발한 학부형들의 의견을 반영했다. 사실 턱 넘기를 쉽게 할 건가 어렵게 할 건가 하는 문제는 크게 중요한 것은 아니었다. 시험을 치게 할 건가 안 할 건가 하는 것에 비하면 그리 중요한 문제는 아니었다. 그러나 시험보기로 하면 그 때는 쉬운 시험인가 어려운 시험인가 하는 건 중요한 문제가 되었다.

특히 소숫점 이하로 내려가면서 미세한 차이를 크게 확대해서 비교하는 경쟁체제에서는 쉬운 시험이란 황당하게 느껴지기까지 하는 것이었다.

그러나 뭐니 뭐니 해도 고난도 시험을 줄기차게 요구한 건 사교육 시장이었다. 시험이 어려울수록 사교육 시장은 팽창했고 돈벌이는 땅 짚고 헤엄치기였다. 쉬운 시험은 교재 만들기도 어려웠지만 어려운 시험은 교재 만들기도 쉬웠다. 함정을 두는 시험문제 만들기는 또 다른 재미를 안겨주는 것이었다. 님도 보고 뽕도 따는 경우란 이런 걸 두고 말하는 것 같았다.

과외 종류도 많아졌고 학습지도 다양해지고 두꺼워지고 어려워지고 비싸졌다. 학교 선생들도 턱 넘기 강좌에 자신 있다 싶으면 틈을 보아 웅덩이로 적을 옮겼다. 잘 나가는 교사들이란 웅덩이 교사들을 의미했고 그들의 수입은 세무서의 특별관리 대상이 되어 있었다. 모두들 이구동성으로 턱을 높이 높이 더 높이 쌓아야 한다고 합창을 하고 있었고 마침내 턱은 바벨탑보다도 높고 만리장성보다고 길고 견고하게 쌓여가고 있었다. 턱은 줄서기를 요구했다.

에듀는 한 친구에게 다가가,

"너는 줄서기를 마쳤니?"

하고 물어 보았다. 그는 아직 못 했다고 하면서 아무래도 논술고사에 자신이 없다면서 그래서 특별과외 수업을 받고 있다는 것이었다. 소위 쪽집게 선생을 모셨다는 것이었다.

어이가 없었다. 논술고사라면 이 세상의 여러 현상을 설명해줄 깊이 있는 학문적 소견을 논리적으로 펼쳐 보이는 건데 그걸 누가 어떻게 가르쳐 줄 수 있는지 이해할 수가 없었다. 얼마나 많은 철학적 과학적 신학적 견해들이 있고 또 세상이 얼마나 오묘한지 알기나 하고 가르쳐 주는 건지 궁금했다.

그래서 자세히 물어 보았더니 과외선생이 하는 일이 띄어쓰기와 맞춤법을 바로 잡아주고 글씨를 보기 좋게 교정해 준다는 것이었다. 그런 거라면 쪽집게 선생이라는 게 맞긴 맞지만 쪽제비 선생이라고 해야 더 맞는 말이 아닐까 하는 생각이 들었다. 왜냐하면 염치가 없기는 쪽제비나 진배 없었기 때문이었다.

과외비를 어떻게 조달하느냐고 물으니까 자기 누이가 파출부 일로 벌어온다는 것이었다. 그게 정말일까 하고 물으니 따라가보지 않아 잘 모르겠다고 하면서 알게 뭐냐는 투였다. 턱을 넘기만 하면 그만일 텐데, 그리고 한눈팔 겨를이 없는데 에듀가오히려 이상한 걸 물어본다는 투였다. 그는 친구에게 한 마디했다.

"아마 자네는 턱을 못 넘을지도 몰라. 그리고 넘었다고 해도 동해바다를 다 건너지 못할지도 몰라."

씩씩거리며 화를 내는 그 친구를 뒤로 하고 에듀는 수초로 돌아와 마음을 가라앉혔다. 강은 쥐 죽은 듯이 조용했고 가족들은 턱 넘는 데 행여 방해가 될까봐 모두들 배를 바닥에 대고 기다시피 하고 있었다. 뒷꿈치로 걷는 건 기본이고 발레를 하듯이 발가락으로 걷기도 했다. 정적을 깨뜨렸다간 턱을 못 넘긴

죄를 죄다 뒤집어 쓸 참이었다.

턱을 넘는 자를 위하여 모두들 자신의 삶을 희생하고 있었다. 그렇다고 턱 넘을 준비를 하는 자들이 왕처럼 지내는가 하면 그렇지도 않았다. 가족과 친지들로부터 온갖 배려를 받으며 왕처럼 지냈지만 그건 한시적이었다. 턱을 넘을 때까지만 허용되는 시한부 인생이나 마찬가지였다. 턱을 넘으면 웃음꽃을 피울 수 있지만 못 넘으면 역적이 되는 셈이었다. 자신만 턱을 못 넘는 게 아니라 가문의 영광에 관계되는 일이었다. 그러니 아무리 냉장고를 마음대로 열어볼 권리가 있고 소리를 내지 못하게 정숙을 요구할 수가 있다고 해도 형장에 끌려가는 사형수에게 베푸는 마지막 은전과 다를 바가 없는 것이었다. 이런 심리적 압박을 해소하는 최선의 방법은 간장독에 머리를 처박는 것이었다. 슬슬 간장맛이 고소해지기까지 하는 것이었다.

어차피 턱을 넘고 못 넘고는 그때 가서 결정날 일이고 그 동안까지의 고통을 간장이 덜어주는 것이었다. 간장이 짜면 짤수록 가족들의 기대를 잊을 수 있었다. 간장에 절여지면 가족들이 걱정스러워 하고 그런 걱정스러워 하는 모습을 보면 그를 잊기 위하여 더 깊숙이 간장독 속으로 들어가는 것이었다.

간장에 절은 친구들의 모습은 가관이었다. 눈도 멀은 것 같고 귀도 멀은 것 같고 코도 막힌 것 같고 입도 붙은 것 같았다. 배만 안 갈랐다 뿐이지 시장에 팔려 나온 고등어 자반과 어찌 그리 똑 같게 생겼는지. 아가미에는 주먹만한 소금 덩어리를 한 움큼씩 달고 있었다.

그의 친구들은 별종이 되어가고 있었다. 설악의 정기가 어떻

고 눈 녹은 물이 어떻고 하는 얘기는 꿈 속에서나 들은 동화 같
은 얘기일 뿐이었다. 선택받은 종족이라는 말은 새털처럼 날아
가 버린 지 오래였다.

에듀는 미꾸리 선생을 다시 찾아갔다.

"선생님, 친구들이 다 죽고 싶대요. 바다도 싫고 강도 싫대
요. 큰 일 났어요."

"큰 일 안 났다. 해마다 있는 일을 가지고 너무 호들갑을 떨
필요 없다. 죽는 놈들도 생기지만 그런 놈들은 살았어도 별 볼
일 없는 놈들이야. 너무 신경쓸 것 없어. 너희들이 겪는 시련을
이 세상을 살아가는 데 필요한 경험으로 생각해. 그러면 한결
수월할 거다."

"이건 시련도 아니고 교훈도 아니에요. 친구들 얼굴을 보세
요. 시련 이상이라구요. 정말로 죽기 살기라니깐요. 언제나 첫
째와 꼴찌가 있을 수밖에 없는 경쟁이 어떻게 교훈일 수 있어
요? 교육을 신분의 수단으로 삼는 자들과 돈벌이와 권위주의에
빠진 비겁한 자들이 합작으로 만든 턱의 희생양일 뿐이에요. 턱
을 허물고 그들의 음모를 분쇄해야 해요. 그래야 우리 친구들
이 살고 우리 종족이 기상을 다시 세울 수 있단 말이에요. 어서
턱을 허물러 가자고 얘기해요. 어서요."

하고 에듀는 미꾸리 선생의 소매를 붙잡고 매달렸지만 선생
님은 요지부동이었다. 미꾸리 선생은 에듀가 바다로 나가서 놀
다 오기도 하고 턱이 모래무지 같은 장사치들과 학벌주의자들
에게 이용되고 있는 건 알고 있었지만 턱을 허물자고 하다가 어
떤 결과가 있을지도 잘 알고 있었다.

에듀라면 모르지만 선생이 턱을 허물자는 것은 체제를 허물자는 것과 마찬가지였다. 강과 바다 사이에 생겨난 턱이라는 질서를 허문다? 대통령도 못할 일을 어떻게 감히 일개 선생이 할 수 있단 말인가. 그러나 이런 점을 에듀에게 설명하는 것도 어려운 일. 그저 에듀가 조용히 있어주면 딱 좋겠는데 철이 없는 건지 이 세상을 꿰뚫어 보았는지는 모르지만 하여간 하는 말 한 마디 한 마디가 다 옳으니 이러지도 저러지도 못할 일이었다.

에듀를 옳다고 할 수도 없고 그렇다고 틀렸다고 할 수도 없는 선생은 한 없는 자괴감에 빠져 들었다. 괜히 교직을 선택하고 젊은 이세들을 키우는 데 인생을 걸은 자신이 부끄러웠다. 이세들을 소신껏 키우는 게 어렵다는 걸 알았을 때 직장을 때려 치우고 모래무지한테 가든지 해서 돈 벌면서 속 편히 살면 좋았을 텐데 어린 녀석들의 초롱초롱한 눈망울을 거역할 수 없어 미적거리다가 때를 놓친 것이었다.

이제는 직장을 바꿀려고 해도 나이가 들어 받아주는 곳도 없고 애들로부터도 존경도 받지 못하고 하루하루 퇴직금 받을 날만 기다리는 신세가 된 것이었다. 불쌍한 신세이기는 애들이나 선생이나 마찬가지였다.

그도 턱을 없애야 한다고 생각하기는 했었다. 턱을 그대로 두고는 아무 것도 할 수 없다는 건 금세 알 수 있었다. 그렇지만 체념한 지 이미 오래 됐었다. 교생실습을 마치고 처음 임용되어 수업에 들어가자마자 자신이 배웠고 생각해왔던 교육철학을 펼칠 수 없다는 걸 알았다. 그런 건 전혀 쓸모가 없었다. 페스탈로치가 와도 소용 없고 루소가 와도 소용 없고 듀이가 와도 소용 없어 보였다. 김교신이나 오천석이 오면 어떨지 몰랐으나 그들도 마찬가지일 것 같았다.

학생들과 학부형들이 요구하는 것은 오직 턱 넘기뿐이었다. 그건 교장도 교감도 마찬가지였다. 어린 학생들과 가까이 하고 싶어 짬을 내기만 하면 어느 샌가 소문이 나고 끄리 교장이 불렀다. 그의 이마에는 주름이 패여 있었다.

"학부형들이 무얼 원하는지 잘 생각해 보고 너무 거스르지 마세요. 교사의 개인적 소신이란 도움이 되지 않아요."

미꾸리 선생은 굳이 그런 얘기를 듣지 않아도 알 수 있는 일이었지만 그래도 결국은 그런 얘기를 한 마디 듣고 나서야 소신을 굽혔다. 끄리 교장과 자신과의 사이에 확실한 의견교환이 있는 게 더 이상의 쓸 데 없는 신경전을 막아줄 것 같았기 때문이었다.

어떤 선생들은 학부형들의 요구와 자신의 교사로서의 이상을 수년이 지나도록 해결 못해 방황하는 경우도 많았다. 그런 교사들 중 대부분은 속만 부글부글 끓이다가 실패한 교사로 남거나 이직을 하거나 조합원이 되거나 했다. 애들을 가르치겠다고 결심했을 때 그게 겨우 허리 비틀어 소용돌이 헤쳐 나오기나 간장독에 머리 처박는 시범 보이기를 하기 위해서는 아니었다.

그렇지만 애들 앞에서 할 수 있는 건 그런 것뿐이니 비참한 심정이 되어 술 마시는 일만 늘어갔다. 술은 묘한 것이어서 현실과 이상 사이의 거리를 좁혀 주었다. 아니 그 거리를 잊게 해 주었다.

"아이들이 원하고 학부형들이 원하는 것을 해 주는 것이 교사의 사명이지. 그 이외의 것들을 할려고 해서는 안 되지. 자기의 소신을 굽히지 않는 건 학생들을 괴롭히는 것이고 학부형들과 다른 교사들과 교장 선생과 사회와 국가를 괴롭히는 것이야. 암, 그렇구 말구. 나는 내 소신이랍시고 내 기분만 맞출려고 했던 에고이스트야. 얼마나 남들을 괴롭혔는지 모를 일이지. 그래, 난 나쁜 놈이었어. 난 속죄해야 해."

술은 교사들을 현실적이게 돌려 놓는 마력을 지니고 있었고 몇 번 마셔 보니 과연 술술 잘만 넘어가는 것이었다. 그리고 그동안 턱 때문에 어쩔 수 없이 턱 넘기 연습시킨다고 하면서 턱을 불평했었는데 알고 보니 그 게 아니었다. 턱이 있으므로 해서 애들 지도하기가 그렇게 편할 수 없었다.

턱을 넘을 거야 말 거야 하고 소리지르면 아무리 떼 잘 쓰는 놈들도 슬슬 물러서고 마는 것이었다. 턱은 교사들을 위한 든든한 방패막이였다. 이런 점을 전에는 잘 몰랐었는데 술 한 잔 마시고 나서 세상을 달리 보기 시작하면서 비로소 깨달은 것이었다.

"어찌 이런 일이……. 턱이 원망스럽더니 이제는 고맙게 여겨지네. 아무튼 오래 살고 볼 일이야. 턱이 없었으면 어떤 일이 일어났을까. 모르긴 해도 교실에서 애들하고 싸우면서 해가 뜨고 해가 질 거야. 폭력교실이라는 영화가 있었지. 거기서 교사와 학생이 층층대를 함께 딩굴면서 떨어지는 장면이 나오는데 우리도 그렇게 될 거야. 어휴, 생각만 해도 끔찍해라. 이 모든 걸 미연에 막아준 게 턱이야. 턱이 있음으로 해서 아이들이나 학부형들이 교사들의 말을 잘 따라 주고 학교 사회에 평화를 가져 오게 하는 거야. 턱은 강물의 질서를 만들어 주고 지켜 주는 수호천사야. 턱 만세."

겉으로 드러내놓고 턱을 옹호하지는 않았지만 교사들은 대부분 턱이 있어야 한다는 데 동의했다. 교육개혁을 주장하는 많은 교사들도 턱을 허물자는 데는 고개를 갸우뚱했다.

"어떻게 턱도 없이 아이들을 지도할 수 있단 말인가. 교사들에게 무장 해제시키는 것과 뭐가 다를 것인가. 교육개혁을 하자는 게 턱을 없애자는 건 아니잖아. 턱은 있어야 해. 단지 쉽게 넘어가게 하자는 건 괜찮겠지. 우리는 턱을 없애자고 주장하는 안을 받아들일 수 없어. 우리가 진정으로 원하는 건 좋은 턱을 만들어 달라는 거지. 그러니까 우리가 굳이 세심하게 다듬은 안을 제시할 필요는 없어. 그런 건 정부에서 만들 책임이 있으니까. 우리는 그저 넘기 좋은 턱만 만들어 달라고 죽으나 사나 소리치면 돼. 그게 우리가 해야 할 일의 전부야. 그 이외는 다 사소한 것이지. 에듀는 구제불능이야."

턱을 없애자는 것과 좋은 턱을 만들어 달라는 것 사이에는 큰 차이가 있었다. 에듀가 내린 결론은 턱을 없애야 한다는 것이었으나 교사들은 좋은 턱이면 충분하다는 것이었다. 교사가 그런 주장을 한 이유는 이상의 이유도 있었지만 턱 없는 세상을 잘 가늠하기가 쉽지 않은 점도 있었고 좋은 턱이어야 한다는 주장이 누구에게나 거부감 없이 받아들여질 만큼 듣기 좋은 말이기 때문이기도 했다.

턱은 교사들 절대다수의 지지를 받았고 턱이 있음으로 해서 생긴 새면 종족에 대한 소금절임 현상도 교사들이 생각하는 턱의 효용성을 허물지는 못했다.

그 동안 선생들이 아이들을 걱정하고 안타까워 했던 것은 사실이었지만 절실한 건 아니었던 게 드러난 셈이었다. 턱이 주는 달콤한 안락을 그들은 놓칠 수가 없었다.

턱은 교사들에게 교재를 준비하는 어려움도 덜어주었다. 한번 교안을 만들자면 쉬운 일이 아니었는데 턱 주변에 사는 쏘가리 무리들이 열심히 만들어 부지런히 학교로 찾아와 보여주는 것이었다. 맘에 드는 것 하나를 찍기만 하면 만사 끝이었다.

이렇게 편할 수가 없었다. 내용도 최신식이고 인쇄도 잘 되어 있고 가격도 싸고 종류도 다양했다. 완전정복 시리즈나 에이스 시리즈 혹은 재능 시리즈 같은 것들을 보고 있노라면 교과서를 이 걸로 하면 더 좋을 텐데 왜 굳이 교과서를 만들어 국력을 낭비하는지 모를 지경이었다.

초임교사 시절 교안을 만드느라고 등사기를 긁던 시절과 비교하면 참 좋은 세상이 되어 있었다. 교재를 볼펜으로 '턱'하고 찍기만 하면 됐고 거기다 틈틈이 부수입도 챙길 수 있었다.

턱은 가르친 아이들 중 반수 가까이를 희생시켜도 교사들에게 책임을 묻지 않게 해 주는 고마운 존재였다. 교실에서 수업할 때 반수는 이미 버린 자식 취급받았지만 그렇게 할 수 있는 건 턱이 있기 때문이었다. 나머지 반수를 넘게 해주기 위해서 열심히 시범을 보이는 선생들을 격려는 못할 망정 비난할 수는 없는 일이었다.

그리고 사실 턱을 넘을 거냐 말 거냐 하고 한 마디만 해 주면 반수는 제풀에 나가 떨어졌다. 넘지 못한 책임은 넘지 못한 애들에게 있고 멀리는 턱이 있기 때문에 피치 못해 일어난 일로 여기고 있었다. 그러니 교사들에게는 얼마나 고마운 턱이란 말인가. 그런 턱을 에듀가 허물자고 했으니 될 말이 아니었다.

턱 넘을 시기가 다가오자 가물치 원장과 자주 연락을 취하는 모래무지나 쏘가리 무리들이 극성을 떨었다. 매일같이 중앙 일간지에 통단 광고를 내는 것이었다. 새로 나온 교재를 선택하지 않으면 턱을 넘지 못한다고 협박하는 것도 있었고 그 동안 배운 것은 아무 소용 없는 것들이라고 하는 것도 있었고 진짜 턱 넘기는 남은 며칠 동안에 얼마나 좋은 교재를 선택하는가에 달려 있다고도 했다.

불난 집에 부채질 하긴지 달리는 말에 채찍질 하긴지는 몰라도 정부에서도 한 몫 끼어 입시요강을 수시로 바꿔가며 혼란의 강도를 높여 가고 있었다. 가물치 원장은 전 가정에 무차별로 전단 광고지를 뿌려대고 있었고 텔레비전의 황금시간대를 학습지 광고가 독점하다시피 하고 있었다.

인기배우나 앵커우먼이나 탤런트나 전직 장관들이 동원되어 이세들이 턱을 넘을 수 있는지 없는지 하는 것은 전적으로 업자로서의 자신들의 책임인 것처럼 보이게 하려고 애를 쓰고 있었다.

최근에는 월드컵 붐을 타고 차범근 선수가 눈높이인지 이마 높이인지를 잘 맞추어야 헤딩을 잘 할 수 있다고 광고하고 있었다.

아무리 열심히 턱 넘기 연습을 했어도 줄을 잘못 서거나 변경된 턱의 높이를 잘못 알고 있거나 복수지원을 잘못 이해하면

이마만 깨지고 정작 턱은 넘지 못할 수도 있었다. 어떻게 그렇게 복잡한 입시요강을 만들 수 있었는지 놀랍기만 했다. 입시제도를 개발한 노하우는 세계적 수준이라고 할 수 있었다.

해마다 입시요강을 바꾸다 보니 해괴한 턱 넘기가 정석이 되었고 자세를 반듯이 하고 눈은 정면을 바라보며 지느러미를 자연스럽게 앞뒤로 내저으며 넘는 정자세는 사라졌다.

머리를 위로 꼬리를 아래로 해서 몸을 꼿꼿이 세워 넘는 가로 넘기, 머리와 꼬리를 수평으로 해서 옆으로 누워 넘는 세로 누워 넘기, 꼬리를 앞으로 하고 머리를 뒤로 해서 넘는 꼬리 먼저 넘기 같은 게 기본이었다. 거기다가 몸을 꼬는 정도를 보는 유연성 측정, 순간 돌파력을 재보는 순발력 측정 같은 걸 포함하고 있었다.

사당패의 외줄타기나 곡마단의 써커스나 아크로바트 같은 체조경기에서 아이디어를 따오지 않았나 싶었다. 예전과 달리 이제는 한 줄 세우기는 없어졌고 여러 줄 세우기를 하고 있었지만 그전과 마찬가지로 긴 꼬리가 요동치는 건 장관이었다. 용이 승천하기 위해서 마지막 몸부림을 치는 형상이었다. 이리 저리 휘돌며 파문을 일으키는 긴 줄은 강을 광기의 소용돌아가 굽이치는 곳으로 만들어 버렸다.

턱을 넘고자 하는 그의 친구들의 모습은 가관이었다. 눈은 뻘겋게 충혈되어 있었고 몸은 부들부들 떨고 있었으며 늠름한 기상이라고는 눈꼽만큼도 찾아볼 수가 없었다. 턱은 한 없이 높아 보였다. 330센티라는 눈금이 표시되어 있었다.

과연 누가 저렇게 높은 턱을 넘을 수 있을 것인가. 저렇게 높은 턱을 넘을 수 있는 자는 세상에 없을 것 같았다. 왜냐하면 한 계라는 게 있기 때문이었다. 그 동안 연습한 것도 대체로 200 센티에서 250센티 정도였고 평균 성적도 그 밑이었다. 아무리 잘 해도 300센티를 넘는 걸 보기 힘들었다.

그걸 넘을 수 있으면 넘어 보라는 것이었다. 그런데 그 걸 넘 겠다고 나서는 자가 있었다. 턱 넘기 하나에 모두를 걸고 살아 온 자들 가운데는 뜻밖에도 상상 밖의 괴짜들이 섞여 있는 모 양이었다. 에듀의 친구들은 머리를 절레절레 흔들었다.

"아마 저자들은 우리들의 친구들이 아닐 거야. 같이 공부하 고 놀고 연습하면서 지내 왔는데 어떻게 저렇게 높은 턱을 넘 겠다고 나설 수가 있단 말이야. 괴짜들이 틀림없어. 세상에는 하 도 괴짜가 많으니까. 우리가 상상 못하는 초능력을 가진 괴짜 가 없을 수는 없는 일이지. 아마 저 턱은 그들을 위해서 있는 건 지도 몰라. 우리를 위해서 있는 게 아니구 말야. 아니면 가족과 친지들의 명예를 위해서라면 기꺼이 제 한 목숨 바치겠다는 안 중근 의사 같은 열혈 청년일지도 모르고 말야. 우리가 그들과 경쟁할 수는 없는 일이야. 바다가 그런 자들을 원한다면 우리 는 포기하자. 어떻게 강에서 살 생각을 해 봐야 하는 거 아냐."

우왕좌왕하면서 전전긍긍하고 있는 가운데도 정신을 차리고 가만히 보니 대자보가 눈에 들어왔다. 누군가가 그 글을 써놓 고 어디론가 사라진 것 같았다.

"행복은 성적순이 아니에요."

"턱 없는 세상 하루만이라도 보고 싶다."

"지긋지긋한 입시지옥, 언제나 벗어나려나."

"못 살겠다 입시지옥, 우리 애들 다 죽는다."

에듀는 바다를 마음대로 넘나들 수 있었지만 그리고 그의 친구들도 모두 자기처럼 그렇게 바다로 나갈 수 있다고 생각했지만 사회가 만든 제도도 강고해져 누구도 허물 수도 없고 의심할 수도 없는 댐 같은 게 되어 있었다. 정신을 압축해 무게를 달면 근수가 나간다나. 턱은 엄연한 현실로 존재하고 있었다. 아니 자연법칙 그 자체였다. 그 앞에서 누군가의 음모로 그걸 만들었고 따라서 그걸 부술 수 있고 섀먼 종족이 마음놓고 넘을 수 있는 것이라고 말하는 건 의미가 없어 보였다.

아무도 귀를 기울일 것 같지도 않았다. 에듀가 턱을 넘는 건 특수한 사정으로 그런 것이고 누구에게나 보편적으로 적용될 수 있는 예가 되지는 못한다고 간주할 게 틀림 없었다.

턱을 바라보는 에듀의 심정은 답답했지만 할 수 있는 건 그저 아무 말 말고 조용히 지켜보는 것뿐이었다. 가물치 원장의 특별한 로비의 결과인지는 몰라도 특례는 확대되고 있었고 에듀는 이의 적용을 받아 턱 넘기를 면제받았다. 외교관의 자제들 가운데 적용되는 경우가 많았는데 그들은 턱 없는 세상에 살면서 학창시절을 보내고 있었기 때문에 새롭게 턱을 넘는 걸 요구하기가 쉽지 않은 점도 있었다.

그렇지만 에듀가 면제받은 건 무엇보다도 그가 바다로 나가보았기 때문이었다. 최근에는 턱을 넘지 않고 옥스퍼드 대학이나 하버드 대학에 입학하는 학생들의 소식이 심심찮게 날아 들어 오고 있었다.

에듀는 과연 모래무지들이 턱을 높이 쌓았구나 하는 생각에 감탄이 절로 나왔다. 그들 나름대로 수고를 많이 한 건 사실이었다. 그렇게 해야 반수 가까이를 낙오시키고 잡아들여 양지 바른 곳에 잘 말려 쫄깃쫄깃한 포를 뜰 수가 있겠지. 연어 고기로 만든 포는 오징어포나 대구포나 쥐포나 노가리와는 비교도 되지 않을 만큼 맛있는 걸로 정평이 나 있었다.

이제 와서 턱을 허물자고 하는 건 씨도 안 먹히는 일이었다. 턱을 허물려고 해도 시간적 여유가 있을 때 해야지 입시시즌이 되고 나서는 소용 없는 일이었다. 할 수 있는 일은 오직 희생되는 반수에 포함될 것인가 아니면 넘는 반수에 포함될 것인가이고 그 외에는 아무 것도 생각할 겨를이 없었고 이유도 없었다.

턱 주변을 살펴 보니 과연 쏘가리나 모래무지들이 바글대고 있었고 이런 무리들은 턱을 넘지 못하는 자들을 덥석덥석 물고 정말로 웅덩이로 끌고 가는 것이었다. 턱을 넘은 자들에 대한 생색도 쏘가리와 모래무지들의 몫이긴 했다.

웅덩이에서 열심히 훈련시켜 경쟁력 있는 인재가 되게 빌미를 제공한 쏘가리의 공로로 돌려지고 있었다. 그들의 헌신적인 노력이 없었다면 국제 경쟁력은 불가능했을 것이라는 인식이 널리 퍼졌다. '꿩 먹고 알 먹고'였다. 자갈과 모래를 물어다 턱을 쌓던 고생은 충분한 보람을 안겨 주고 있었다.

입시제도를 안 바꿀려는 기미가 보이면 꼭 바꿔야 한다고 요로에 건의하고 그것도 속셈을 드러내지 않고 용의주도하게 해야 하니 그리 쉬운 일만은 아니었고 육체적으로도 자갈과 모래를 나르느라 힘들었지만 보상을 받고 보니 그런 고생들이 즐거운 추억이 되고 정부에 대한 원망도 봄눈 녹듯이 사라지는 것이었다. 정부는 한 때 무시험 입학을 하게 해주겠다고 구호로 내건 적이 있어 그들을 무척 긴장시켰었기 때문이었다.

턱을 넘지도 못하고 지긋지긋하던 웅덩이로 다시 돌아가기도 싫은 친구들은 자포자기의 심정이 되어 초점 잃은 눈으로 턱을 물끄러미 쳐다보면서,

"바다는 우리가 살 곳이 못 되는가 봐. 그리 넓지도 않대. 그리고 바다사자나 물개들이 우글거린대. 그런 곳이 뭐가 좋다고 저렇게 갈려고 할까. 우리는 속고 살아 왔을지도 몰라. 설악의 정기가 스며든…… 어쩌구 저쩌구 하면서 말야. 누군가는 흙에 살리라 하고 노래불렀지만 나는 강에서 살 거야. 피라미들이 있는 곳으로 가 봐야지."

하고 중얼거리면서 어디론가 비실비실 사라졌다. 선배들이나 학부형들도,

"이젠 다 컸으니 우리가 도와줘야 할 일이 없어졌어. 턱을 못 넘으면 갯지렁이라도 잡아 밥벌이를 해야지. 입시시즌이 끝난 게 천만다행이야. 숨이 턱턱 막히더라구."

어떤 친구들은,

"잘 먹고 잘 살아라. 나는 간다."

라고 유서를 써놓고 물 밖으로 뛰쳐 나오는 것이었다. 통계에 의하면 해마다 이렇게 물 밖으로 뛰쳐 나오는 자들이 200도 넘었고 그것이 30년도 넘고 있었다.

턱 주변도 장관이었다. 비행기도 뜨지 못하고 기차도 꼼짝 못하고 공무원들도 느지막이 슬금슬금 눈치보면서 출근하는 것이었다. 거리를 지나다니는 자들도 뒷꿈치로 걷거나 발꿈치로 걷

지 함부로 저벅저벅 소리를 내며 걷지를 못했다.

간간이 오토바이가 경적을 울리며 쏜살같이 지나가곤 했는데 뒷자리에는 턱 넘는 시간을 맞추지 못한 수험생들을 태우고 있었다. 오늘 같은 날은 수험생들을 실은 차들이 대통령 경호대처럼 거리를 휘젓고 다녔다.

신문들도 턱 넘는 모습을 스케치하기 바빴고 방송사에서도 취재경쟁에 열을 올리고 있었다. 여기 저기서 인터뷰하는 모습도 보였고 턱 넘는 모습, 못 넘는 모습, 넘을 때의 기분, 못 넘을 때의 기분, 허리를 어떻게 얼마만큼 비틀어서 그렇게 높은 턱을 넘었는지도 물어보았다. 무용담을 듣듯이 청중들은 텔레비전과 라디오 앞으로 몰려들었다.

턱은 앞에서부터 한 무리씩 구분해 함께 넘게 했는데 반수 가까이는 턱을 넘고 나머지 반수 가까이는 턱을 넘지 못했다. 넘지 못한 자들이 우수수 떨어지는 모습이 벚꽃이 지는 것과 같았다.

강바닥에 바짝 붙었다가 온힘을 집중해 솟구치면서 턱을 넘어야 했는데 그것도 간장처럼 짠 바닷물 속에서 그렇게 해야 했다. 330센티나 솟구치는 것도 평생 처음 해 보는 경험으로 심장이 멎을 것만 같았다. 나름대로 적응 훈련을 많이 해왔지만 바닷물은 처음이고 간장과는 영 달랐다. 짜기는 한데 간장처럼 찍히고 졸여서 만든 게 아니고 자연 그대로의 청량감이 싱싱하게 살아 있었다.

생명감이 넘치는 바닷물이었다. 그런 바닷물도 넘는 순간에는 단지 간장과 다른 것만으로 타격을 주기에 충분한 것이었다.

시원하고 청량감을 느끼게 해주고 활력을 불어 넣어주는 바닷물이라는 것을 깨달은 건 턱을 넘은 후였다.

"아, 바닷물이 이처럼 상쾌할 줄이야. 이렇게 넓은 세상이 있을 줄이야."

6 동해바다

에듀의 친구들 중 약 반수는 넘었고 나머지 반수는 결국 넘지 못했다. 진실을 얘기하자면 반 정도만 넘을 수 있게 그들이 턱의 높이를 조정하고 있었다. 그들은 보이지 않기도 했고 보이기도 했다.

대학 정원수만큼만 넘게 했으므로 정원을 늘릴 땐 높이를 낮추고 늘리지 않을 땐 그대로 두거나 조금 높이거나 했다.

그러므로 필요에 따라 모두를 넘게 할 수도 있고 아무도 넘지 못하게 할 수도 있었다. 결국 정원을 마음대로 늘리고 줄이고 할 수 있는 자의 뜻대로 턱의 높이가 정해지는 셈이었다.

요즘은 아예 처음부터 높은 턱과 낮은 턱 등 여러 종류로 나누어 쌓고 있었다. 그렇게 하면 턱 넘기가 쉽지 않느냐는 것이었다. 그렇지만 어쨌든 반쯤은 결국 못 넘게 만들어 놨으므로 시련은 피치 못할 운명인 셈이었다.

턱을 넘을 거냐 말 거냐 하고 겁을 주면서 간장독을 통과하는 시련을 안겨 준 것은 에듀와 그의 친구 모두를 위한 교육 본

연의 임무, 즉 자아의 성취와 사회에의 봉사를 위한 목적과는 배치되는 것이었다. 단 한 친구의 낙오도 생기지 않도록 배려해야 하는 교육의 순기능은 어디에서도 찾아볼 수 없는 것이었다.

에듀는 여울에서 하구까지 함께 자라며 재미 있게 놀던 친구들 중 반수 가까이가 턱을 넘지 못하고 어디론가 사라지는 것을 보면서 비통한 심정을 금할 수가 없었다.

"우리는 다 바다로 나갈 수 있는데……. 거기서 어깨를 펴면서 살 수가 있는데……. 설악이 우리에게 그렇게 가르쳐 주었는데……. 누가 우리의 앞길을 막는가. 누가 우리를 비참하게 만드는가. 이건 국가와 민족과 역사 앞에 짓는 용서받을 수 없는 범죄야."

하고 개탄하면서 만일 턱을 없앨 수 있는 방법을 찾을 수만 있다면 신명을 바치겠다고 맹세했다.

치누크는 330센티 턱을 훌쩍 뛰어 넘어 399센티 높이로 고공 비행하듯이 넘었다. 80만이 넘는 턱 넘기 대기생 중 수석을 했고 그를 바라보는 이들은 모두 입을 다물지 못했다. 턱을 넘기 위해서 강바닥을 차고 뛰어 오를 때 일던 회오리 모래바람도 대단했다.

모래 속이라면 자신 있는 모래무지들도 혼비백산해서 도망쳤다. 몸이 둥실 둥실 한 없이 떠오르더니 마침내 턱을 저 아래 히말라야 봉을 내려다보듯이 하면서 넘는 것이었다.

에듀와 마찬가지로 치누크도 턱을 쌓던 자들의 의도를 뭉개 버린 셈이었다.

"아무리 쏘가리 무리들이 우리들의 뜻을 시험해 볼려고 했지만 나한테는 안 돼. 얼마나 내가 별러 왔는지 그들은 몰라. 턱 주변에 사는 놈들 두고 봐라. 내가 바다에서의 생활을 마치고 힘이 세져 다시 이곳에 찾아올 때는 다 잡아 죽일 거다. 아무튼 가물치 원장의 코를 납작하게 해 다행이다."

그는 기름지느러미를 꼿꼿이 치켜세우며 어금니를 깨물었다.

치누크는 영웅이 되어 종족의 우상으로 떠오르고 있었다. 거리에는 '성자가 오고 있네'라는 노래가 울려 퍼졌다.

신문에서는 어떻게 그렇게 할 수 있었는지 물어보기 바빴다. 기자들의 질문이 쇄도하자 치누크는 머뭇거리다가 대답했다.

"어떻게 그렇게 높게 오를 수 있었는지 나도 잘 모르겠습니다. 아마 우리 종족을 시험하는 턱에 대한 반발심이 그렇게 만든 것 같습니다. 에듀 말이 맞아요. 턱은 우리 종족을 허약한 종족으로 만들려고 하고 있어요. 붕어나 피라미처럼요. 턱을 허물어야 합니다."

치누크는 우쭐대고 싶었다. 승자의 당당함이 배어 있었다.

"턱은 알고 보니 아무 것도 아니더군요."

그러나 치누크의 가슴 한 구석에는 그의 자랑이 다른 친구들에게는 통하지만 에듀에게는 먹혀 들지 않음을 알고 허전해지는 것이었다.

에듀가 이미 나가 본 바다를 그는 이제 처음 나가 본 것이었다. 언젠가 함께 나갔다가 기절하다시피 초죽음이 되어 에듀의 도움으로 살아 돌아왔던 일이 아스라이 생각나는 것이었다. 그러나 그 때 그 일을 아는 자는 자신과 에듀 말고는 아무도 없었다.

매스컴들은 그가 간장독 속에서 얼마나 오래 견뎌냈던가와 잠을 자지 않고 소용돌이를 통과하는 연습을 한 것과 턱을 넘기 위하여 골백번도 더 맹세했던 일들을 무용담처럼 기사화 했다.

그런 한 편으로 턱을 넘지 못한 자들에 대한 연민은 아주 가볍게 처리했는데 명사들에게 청탁해 턱을 넘지 못하더라도 어떻게 피라미들 하고 잘 사귀며 살다 보면 기회도 오고 행복도 느낄 수 있을 것이라는 투의 기사를 실었다. 너무 모래무지들을 원망하면 못 쓰고 운명을 탓하면 더욱 안 된다는 교훈조 얘기를 한두 번 싣는 걸로 때우는 것이었다. 턱은 인생에 큰 교훈을 주는 고마운 것이라는 어처구니 없는 글을 싣는 경우도 있었다.

치누크를 대서특필하는 이유는 겉으로는 새먼 종족의 우수성을 주지시키기 위한 것처럼 들렸지만 속셈은 웅덩이의 공을 은연중 알리기 위해서였다. 치누크는 간장독 속에 문어처럼 들어앉아 있곤 했었다. 그가 먹고 마시고 뱉어내고 허리 비틀고 지느러미 흔들던 것들에 대한 기사로서의 가치는 그만이었다. 그의 행동은 턱에 대한 관심만큼이나 대중들의 호기심을 끌었다. 모두 돈벌이와 연결될 수 있었다.

에듀는 치누크에게 축하했다.

"치누크야, 너 정말 대단하구나. 축하한다. 우리 축배를 들러가자. 그리고 그 동안 섭섭했던 거 있으면 다 잊고 옛날 여울에서 함께 지내던 시절로 돌아가자. 우리 잘못이 아니잖니? 다 턱이 있음으로 해서 생겼던 일이야. 그런데 너도 턱이 우리 종족을 찌그러지게 할려고 하는 거 인정하지? 그러면 됐어. 함께 힘을 합쳐 턱을 허물도록 하자. 강에 살 때 턱을 허물고 바다로 나올려고 했지만 혼자 힘으로는 안 되더라. 그렇지만 우리 힘을 합치면 될 거야. 턱이 어떤 거라는 것도 잘 알게 되었으니까. 어때, 내 제의가?"

"좋다. 부라보. 한 잔 하러 가자. 우리는 친구다."

에듀와 치누크는 바다로 나오니 새로운 희망이 용솟음치고 옛 우정을 회복하니 기분이 좋아 코가 삐뚤어지도록 술을 마셨다. 술은 간장독을 해독하는 데 최고라고 소문이 나 대학 근처의 술집들은 미어 터졌다.

"부어라, 마셔라, 인생이 어찌 자반이더냐."

"자, 떠나자. 동해바다로, 삼등 삼등 완행열차 기차를 타고……."

둘은 고래처럼 마시며 그 동안의 스트레스를 털어 버렸다.

에듀는 자기의 생각을 정리해서 정부의 최고 교육정책 담당자에게 보냈다. 그 교육정책 담당자는 5.31교육개혁안을 만들어 우리 교육체제를 수술해 보려고 했던 자였다. 사실 교육이 개혁되어야 한다는 것은 그 동안 모두의 바람이었고 이러한 여론을 등에 업고 위원회가 구성되어 새로 판을 짜고 있었다.

그 내용들은 현란하기 그지 없었다. 예컨대 '누구나 언제 아디서나 원하는 교육을 받을 수 있게 해 주겠다'는 것이었다. 그러나 에듀가 보기에는 그런 교육을 하기 위해서는 턱이 없어야만 했는데 개혁안 어디에도 턱을 없애겠다는 말은 없었다. 턱을 없애지 않고 그렇게 하겠다는 발상이 신기하게만 들렸다.

"이건 속임수야. 턱을 그대로 두고 어떻게 그런 교육을 하겠다는 건지 좀 알아 봐야겠어. 내 머리 갖고는 도저히 이해가 안 돼."

"우리는 더불어 살고 슬기롭게 살고 열린 마음을 지니고 일하는 자를 위한 교육체제를 반드시 만들어내고 말 것입니다. 두고 보십시오. 그 동안의 교육체제는 사실 이런 목적에 맞지 않은 게 사실 아니었습니까. 이제 21세기가 되었으니 새로운 교육체제가 꼭 필요할 때입니다. 여러분들의 도움이 필요할 때입니다."

혹 떼려다가 혹 붙인다는 게 이런 경우를 말하는 건지. 따지러 갔다가 오히려 협조 부탁만 받았다. 그는 하도 어이가 없어서,

"누가 좋은 교육이 어떤 것인지 몰라서 안 하는 것입니까. 문제는 턱이 있음으로 해서 하고 싶은 걸 하지 못하니까 문제지요. 파행은 인정하면서 왜 파행의 원인을 바로 보려고 하지 않지요? 턱 말입니다."

하고 핵심을 파고 들었다.

"뭐? 턱? 그건 없앨 수 없는 거요. 턱 같은 소리 하지 말아요. 턱이 있음으로 해서 혜택을 받는 층이 얼마나 많은데 턱을 없앨려고 해요? 에듀는 도대체 어디서 왔어요. 달나라에서 왔어요? 별나라에서 왔어요? 정체를 밝히세요. 안 그러면 쫓아낼 거요."

얘기를 제대로 해 보기도 전에 쫓겨날 판이었다.

"뭐요? 쫓아내겠다고? 그래 보세요. 내 정체가 뭐냐구요?

나는 설악의 정기가 스며든 눈 녹은 물 마시고 자란 놈이요. 그러면 알겠소? 당신 혹시 설악산 대청봉도 못가 본 것 아니오? 그게 사실이라면 그러고도 장관이라니."

대화가 시작되자마자 분위기가 험악해졌다. 그는 에듀가 설악으로 버티자 안 되겠다싶은지 억양을 누그려뜨리는 것이었다.

"이 세상은 어차피 경쟁하며 사는 세상이므로 일찍이 경쟁원리를 알켜 주는 것도 교육입니다. 종래와 같은 개념을 가지고는 살 수 없는 세상이 되었어요. 지식이 넘쳐나는 세상에서 하루 빨리 정보를 습득하는 능력을 배양해야 하고 그러기 위해서는 경쟁시키는 게 제일 빠른 길입니다. 비용도 적게 들고요. 턱은 그래서 필요한 것입니다. 교사나 학부모나 사교육업자나 애들이 턱으로부터 많은 혜택을 받는 건 그만큼 턱이 훌륭한 역할을 하기 때문이지요."

최고 교육정책 담당자는 턱이 있음으로 해서 빚어지는 온갖 비교육적 행태들에 대해서는 나 몰라라 하고 오직 경쟁의 원리를 어린 학생들에게 들이대고 있었다.

왜 경쟁해야 하는지도 모르고 경쟁 속에 빠져드는 모순에 대해서는 눈감고 있었다. 언젠가 알게 될 거라는 투였다. 이미 경쟁에 패배해 만신창이가 되고 모래무지 밥이 되고 나서 경쟁의 원리를 깨달으면 무슨 소용이 있단 말인가. 경쟁은 만병통치약인가. 무턱대고 경쟁 운운하는 그가 딱해 보였다.

"그렇지 않아요. 아무리 세상이 바뀌어도 훌륭한 덕성과 품성을 지니도록 교육되어야 한다는 원리는 바뀔 수가 없어요. 고전이라는 게 사라질 수 없는 것처럼. 경쟁의 원리는 성인들에게만 적용되어야 합니다. 왜냐하면 자기가 선택한 것이니까요. 어린 시절 좋은 품성을 형성하는 것만큼 전 생애를 두고 크게 영향을 미치는 게 어디 있습니까. 한 줌도 안 되는 지식을 갖고 다투고 성적을 내고 석차를 매겨 칼같이 베고 무처럼 자르는 게 말이 되는 겁니까. 교육이 그래도 되는가 말입니다. 턱을 절대로 없앨 수 없다고 하니 더 할 말도 없습니다만 두고 보십시오. 반드시 내가 턱을 없앨 것입니다. 이 눈으로 똑똑히 볼 것입니다. 그 때 가서 후회해도 어쩔 수 없습니다. 세상이 뒤집어져도 말입니다. 당신들의 교육개혁이 성공하기만을 바랍니다.”

에듀는 그 자리를 물러 나오고 말았다. 도저히 대화가 되지 않았다. 그들에게 나라의 교육정책이 맡겨져 있는 한 용광로 같은 입시지옥은 여전히 활활 타오를 게 뻔했다. 턱을 없애는 데 도움이 될까 해서 찾아갔다가 기분만 상하고 돌아왔다. 턱보다도 먼저 없애야 할 게 있어 보였다.

어쩌면 오늘의 턱이 있도록 하고 견고한 성을 쌓도록 허가장을 내준 자들이 모래무지나 쏘가리 무리들보다 더 큰 책임이 있을지도 몰랐다. 생각이 여기까지 미치자 절로 비명이 터져 나왔다.

“턱도 허물기 힘들어 보이는데 교육부까지 없애야 할 것 같으니, 아이구 나 죽겠네.”

턱은 교육부의 강력한 지지를 받고 있었고 턱을 허물었다간 언제 고발을 당할지도 몰랐다. 어쩌면 강물의 질서를 허문 자라고 해서 보안법을 적용하려고 들지도 몰랐다. 턱을 만들어 시험을 치르게 하고 합격한 자들만 넘게 하는 과거제도나 입시제 따라서 그런 질서를 수호하는 것은 정부의 당연한 임무였다. 국법과 같은 것이었다. 그런 걸 생각하지 않고 턱을 없애자고 했으니 교육정책 담당자가 불호령을 내린 건 어쩌면 당연한 일이라고 할 수 있었다.

모래무지나 쏘가리 무리만 쫓아내고 모래와 자갈을 흩뿌리기만 하면 턱은 무너진다? 안 그럴 것 같았다. 정부에서 단단히 버팀목이 되어주는 한 턱은 없어질 것 같지 않았다. 에듀는 고심 끝에 교수를 찾아갔다. 이런 문제를 상담해 볼 데는 교수밖에 없어 보였다.

"황어 교수님, 턱을 없애 버려야 해요. 그래야 활달하고 마음이 열린 제자들을 받아들여 훌륭하게 키워 낼 수 있을 게 아니에요?"

"물론이다. 턱을 없애야 하지. 그렇지만 누구나 바다로 나올 수는 없다. 피라미나 송사리나 산메기가 바다로 나오겠다고 하면 말려야 한다. 너희 종족들이야 그 기상으로 보아 틀림 없이 다 바다로 나올 수 있지만 심사는 필요한 거야. 본인들을 위해서지. 문제는 턱을 만들어 놓고 공개적으로 심사하게 하는 건 모래무지들의 농간일 뿐이야. 바다로 나가고 싶은 자들이 바닷물에 스스로 담금질해서 적응할 수 있으면 바다로 나가고 적응할 수 없으면 바다로 안 나가면 되지. 무슨 말인고 하면 각자가 개인적으로 원서를 제출하고 대학은 개별적으로 심사해 통보하면 끝이야. 대학에 가거나 못 가거나 하는 건 대학과 당사자간의 일일 뿐이야. 턱 넘는 날을 공개하는 건 쏘가리와 모래무지가 물고 가기 좋게 해주는 거지. 비록 턱을 못 넘을지라도 모래 무지나 쏘가리 무리에게 잡혀 먹히지 않게 보호는 해 줘야지. 못 넘게 하면서 공개까지 할 건 뭐야. 비공개만이 인격을 보호해 주지."

"맞아요, 교수님. 바다로 나가는 건 각자가 알아서 하게 내 버려두고 각자가 바다와 타협하게 하면 그만이지요. 그걸 누가 공개적으로 감 놔라 배 놔라 할 수 있겠어요. 그들이 우리의 인생을 책임져 주는 것도 아닌데. 턱은 자신의 높이를 높였다가 낮췄다가 하면서 횡포를 부리고 있지요. 2002학년도에는 아주 높었고 2003학년도에는 조금 높었고 2004학년도에는 좀 낮출 거래요. 변덕이 팥죽 끓듯이 하지요. 그런 턱은 하루라도 빨리 허물어야 하지요. 더 큰 희생을 막기 위해서라도. 그런데 정부에서 턱을 쌓도록 모래무지에게 허가장을 내주고 있으니 도저히 없앨 수가 없어요. 턱보다 거기를 먼저 어떻게 좀 불도저로……."

"그만 해라. 무슨 얘긴 줄 알겠다. 교육부를 없애자는 말이지. 그렇지만 그럴 필요는 없다. 정부는 꼭 턱이 있어야 한다고 주장한 적은 없다. 천년의 질서를 그대로 수용한 것뿐이다. 그러니 턱이 없어져야 할 이유를 널리 알리면 정부에서도 그걸 수용하게 되어 있어. 정부란 사회의 반영일 뿐이야. 특별히 자기 주장을 내세우는 곳은 아니야. 실무적인 일이라면 그렇지 않을 수도 있지만 정책 같은 것들은 너희들의 뜻이 반영되고 있다고 볼 수 있어. 그러니 교육부를 엎을 생각을 할 건 없다. 너희들의 뜻을 받아들여 실행해 줄 곳도 정부란다. 알겠니?"

에듀는 모래무지가 정부의 허가를 받고 턱을 쌓은 것을 알고 속이 끓었는데 교수님 말씀을 들어 보니 그것도 아닌 것 같았다. 정부란 어쨌든 외견상 무색무취한 존재인 셈이었다. 문제는 가물치나 모래무지 무리의 목소리가 크고 그래서 그 목소리 밖에 들리지 않는 게 문제인 것 같았다.

"우리도 소리를 크게 내야지. 그래서 정부에도 그 소리가 들리게 해야지. 그러면 허가장을 취소할지도 몰라."

하고 중얼거리면서 교수실을 나왔다. 처음에 들어갈 때보다는 한결 가벼운 마음이 되어 있었다. 교육부를 파 버리는 것보다는 턱을 파는 게 쉬워 보였다. 그러나 정부가 턱 쌓는 허가장을 회수해 갈 것 같지는 않았다. 정부도 모래무지와 결탁했을지도 모를 일이었다. 퇴직을 하고 난 후 턱 주변이나 웅덩이에 둥지를 트는 것을 심심찮게 보아 왔기 때문에 쉬워 보이지 않았다. 에듀는 대학생활 중 좀 더 충실한 턱 허물 방도를 찾아보기로 했다.

바다는 강과는 달랐다. 창공과 새장만큼이나 차이가 있었다. 그는 친구들과 함께 유유히 바다 한가운데로 헤엄쳐나가 자유를 들이마셨다. 어깨를 쭉 펴고 지느러미를 추스려 뻗어 보았다. 그의 가슴은 새로운 세계에 대한 동경심으로 충만했다. 친구들도 바다로 나온 걸 좋아하긴 했는데 강에서의 통제된 생활과 턱을 넘어야 한다는 강박관념에 시달리다가 한 순간에 해방되고 보니 어쩔 줄을 몰라 허둥댔다. 선배들을 따라 술집에 가서 죽도록 술을 마시고는 간장을 토해내듯이 꾸역꾸역 했다.

그렇지만 대학생활은 그 동안 못해 본 세상구경도 할 수 있었고 무엇보다도 미팅을 할 수 있어 좋았다. 턱을 넘느라고 고생을 많이 했지만 어쩌면 충분한 보상이 된 것도 같았다. 낙오한 반수에 대한 아픔은 기억에서 서서히 사라져 갔다. 교수들도 선배들도 학부형들도 누구도 공부하라고 강요하지도 않았다.

배우는 것도 강에서 배운 것과 별로 다르지 않았다. 바다사자나 물개를 만나면 어떻게 피하고 멸치나 꽁치 같은 걸 보면 어떻게 공격하는가 하는 걸 가르치는 것이었다. 가슴지느러미로 조류 속도에 맞추어 방향 틀기, 급류에서 배지느러미 살짝 접기, 사나운 적을 만나면 등지느러미 곧추 세우고 인상쓰기 같은 걸 가르쳤다.

고학년이 되면 자연의 비밀 같은 고차원의 학문을 연구하게 될지는 몰라도 저학년은 강에서 배운 것과 크게 다르지 않았다. 아마도 턱 넘느라 고생 많이 했는데 보너스로 그렇게 해 주는 것 같았다. 친구들은 대부분 아무런 불만이 없었다. 오히려 꼬박꼬박 강의를 진행하는 교수들이 원망의 대상이 되곤 했다.

그는 혼자서 바다 깊숙이 나아가 수평선 너머에서 불어오는 바닷바람을 맞았다. 그 바람 속에는 진리의 냄새가 스며 있었다.

"우리에게는 자유 의지가 있어. 우리의 뜻에 따라 얼마든지 세상을 바꿀 수 있어. 세상은 스스로 존재하는 것이 아니라 우리가 있으므로 해서 비로소 존재하는 것이야. 세상이 아름다운 건 우리가 있기 때문이야. 우리가 없다면 세상은 삭막할 거야. 턱을 넘기 전에 친구들이 죽고 싶다고 할 때 세상은 정말 무가치하게만 보였었지. 턱밖에 보이는 게 없던 세상이니까. 그렇지만 그 시절을 지나 이렇게 바다로 나오고 나니 새로운 꿈들이

뭉게뭉게 피어 오르잖아. 친구들도 모두 소중해 보이고 우리가 지나왔던 산과 강과 들과 바위와 나무들이 다 아름답게 기억되잖아. 현실의 재발견이야. 그 전부터 있었던 것이지만 그 의미는 다 바뀐 것 같아. 우리가 경험한 모든 것들이 어찌나 아름답고 소중한지 모르겠어. 결국 우리의 의지가 중요한 거야. 우리가 있음으로 해서 세상이 존재하고 우리가 우리의 삶을 아름답게 함으로써 세상이 아름다워지는 거야. 흠, 그래. 신은 우리의 의지를 과소 평가했어. 우리의 의지가 아침이슬 같다고 했으니까. 그렇지만 그렇지 않아. 동해바다에 뜨는 해가 아름다운 건 우리가 그렇게 보고 있기 때문이야. 그렇지 않으면 아마 아름답지 않을 거야. 우리는 꿈과 희망과 사랑과 의지의 힘으로 살아가는 존재야. 우리는 그렇게 살 수 있어. 난 꼭 그렇게 살 거야."

에듀는 대학인으로서의 분망함 속에서도 자기 존재에 대한 해답을 구하기 위해 애썼다. 그러나 거기에 너무 깊이 빠지지는 않고 일상으로 돌아오곤 했는데 일상생활도 그만큼 신선하고 친구도 많이 생겼기 때문이었다.

친구들이 그에게 미팅에 같이 가자고 했다. 말로만 듣던 미팅에 처음으로 참가했다. 예쁘장하게 생긴 여자애가 수초 속에서 까맣고 동그란 눈을 말똥말똥하게 뜨고 그를 쳐다보고 있는 모습이라니. 에듀는 얼굴이 붉어지고 말문이 막혀 버렸다. 늘 보던 애들인데 도대체 처음 보는 듯도 보도 못한 별종 같았다.

"아, 나는 모르는 게 너무 많아. 이성이라는 게 있구나. 새로운 세계의 발견이야."

그는 쿵쾅거리는 가슴을 겨우 진정하면서 머뭇거리다가 도저히 견디지를 못하고 수초 속을 뛰쳐 나왔다. 한참을 지나자 비로소 상황이 파악되고 행복이 저 멀리에서 무지개 타고 오는 걸 느꼈다. 그의 머리 속을 그녀가 꽉 채우고 아예 점령해 버린 것 같았다. 별 얘기도 없었고 전에 본 적도 없는 데도 얘기를 아주 많이 한 것 같고 서로 잘 아는 사이 같았다. 여하튼 그의 머리 속은 전에 느껴 보지 못하던 기쁨으로 충만해지면서도 무엇을 어떻게 해야 할지 갈피를 잡을 수 없을 만큼 뒤죽박죽이 되어 버렸다. 헤엄치는 모습도 이상해졌고 말투도 달라지고 자꾸 수면 위로 머리를 내밀기도 하는 것이었다. 아마 그녀의 눈에 잘 뜨이게 하려는 건지도 몰랐다. 자신도 모르게 자꾸 그런 행동이 몸에서 나오는 것이었다.

그는 자신이 얼음장같이 차가운 이성의 지배자이고 싶었고 그러면서도 따뜻한 정열을 그 속에 감추고 살고 싶었다. 그러나 그녀를 만나본 순간 이성은 온데 간데 없이 사라지고 깊은 곳에 감춰져 있던 정열이 활화산처럼 폭발하고 만 것이었다. 이성의 냉정과 명철함은 서푼도 되지 않는 것 같았다. 이성을 앞세운 그의 지성은 한 순간에 멀어져 버렸다.

그 동안 그도 주위에 누나나 여자 친구나 여동생들이 많이 있었지만 이성으로 생각해 본 적이 없었고 단지 그저 좋기 만한 친구들이고 형과 동생들일 뿐이었다. 아스라한 옛날 개천에 있을 때 '낮에 나온 반달'을 부르던 예쁘장한 여자 친구가 있었는데 그게 끝이었고 이제 생각해 보니 아련한 그 추억은 꼭 이성이어서라고 할 것까지는 없었던 것 같았다.

그 땐 세상 모든 게 호기심의 대상이 되던 시절이었다. 그 후로는 턱과 씨름하고 친구와 사귀고 세상을 알아보는 데 흠뻑 빠져 보낸 세월이었다. 특별히 여성이 그에게 문제된 적도 없었다. 다 똑같은 세상을 살아가는 데 필요한 동료들일 뿐이었다.

그런데 이제는 그런 관계가 유지되지를 않는 것이었다. 단순한 동료나 친구들이 아니라 일정한 거리를 유지하고 말도 함부로 해서는 안 되는 이성이었다.

"그들에게는 그들만의 세계가 있어. 나는 그 걸 인정하지 않고 살아온 거야. 다 똑같이 생각하고 똑같이 고민하는 똑같은 존재로 생각했었던 거지. 그렇지만 알고 보니 그렇지가 않아. 내가 이처럼 흥분하는 것도 그들만의 세계가 있음을 발견했기 때문이지."

그는 누구나 운명적으로 자기 목적적 존재라는 건 이해하고 있었다. 또 그래야 한다고 생각해 왔고 자신이 그렇게 살아온 것도 사실이었다. 그렇지만 일상 생활 속에서 이런 사실을 잊고 살아온 것도 사실이었다. 턱을 없애야 한다고 생각한 것도 자신보다 남을 배려해야 하고 그걸 그들이 이해해 줄 것이라고 생각했기 때문이었다.

모두 똑같은 문제를 안고 사는 운명공동체라고 제 나름대로 생각했던 것이었다. 누구나 외로운 존재라는 사실은 잊고 있었던 셈이었다. 그런데 여성을 발견함으로 해서 남성으로서의 자신을 발견했고 나아가 누구나 고독한 삶의 주인공이라는 사실을 새롭게 깨닫게 된 것이었다.

"삶이란 외로운 존재야. 아마 그래서 남성과 여성이란 걸 만들어 놨놔 봐. 외로움을 덜게 하기 위해서. 어쨌든 전에는 외로움을 느껴도 견딜 만했는데 이제는 오히려 그렇지가 않으니 이상한 일이야. 그런데 이런 내 마음을 그녀가 알고 있을까. 어떻게 내 마음을 전하지?"

친구들은 그에게 미팅에서 있었던 일을 물어 보았다. 그는 그저 차나 마시고 왔다고 담담하게 말했다. 그렇지만 친구들은 그의 말과 행동이 바뀌고 있는 걸 보고 무슨 일이 있었을 것이라고 짐작했다.

에듀는 여성이란 걸 알게 됨으로 해서 삶의 주체로서의 자기 존재의 남성의 의미를 보다 깊이 깨달을 수 있었다. 남성에겐 여성이 그리고 여성에겐 남성이 운명적인 외로움을 덜어줄 것이었다.

에듀는 동해바다에서의 새로운 생활에 적응하면서 미래에의 설계를 차분하게 짜기 시작했다. 전공과는 별개로 동서양의 고전들을 차례를 정해 독파해 나갈 계획을 세웠다.

대학생활 동안에 적어도 100권은 섭렵할 생각이었다. 거기다가 현대의 명저들도 몇 권 추가했다. 그가 생각하기에 넓은 세계로 나아가 뜻을 펼치며 살려면 그 정도는 최소한 알아야 다른 나라에서 온 친구들과 어깨를 겨룰 수 있을 것 같았다.

그 동안 그의 친구들은 턱을 넘을 수 있는가가 최대의 관심사였기 때문에 턱 너머의 세상을 생각해 볼 겨를이 없었다. 그렇지만 에듀는 무시험으로 턱을 넘을 수 있었으므로 언제나 먼 앞날을 의식하며 설계를 하곤 했었다. 좋은 세상을 만들어 보겠다고 백일몽처럼 꿈꾸며 살아온 그가 아니었던가.

"우리는 북태평양의 베링해에서 각자의 뜻을 펼치며 살 거야. 그 곳에 가게 되면 여러 종족들이 모여 경쟁하며 살게 되겠지. 우리는 결코 그들에게 뒤떨어져서는 안 돼. 우리가 낙오하면 영원히 역사의 뒤안길을 헤매는 어리석고 허약하고 고달픈 종족이 되고 말아. 나는 그런 시련을 우리 종족이 겪었던 것을 알고 있어. 차마 한 마디로 설명할 수 없어 오히려 가만 있을 뿐이야. 너무 고통이 심해 우리 종족을 원망하기까지 했던 적도 있어. 세계의 중심무대에 서 보지도 못하고 총알받이로 정신대로 광부로 노예처럼 질질 끌려 다니며 살았으니까. 옛날도 아닌 일이야. 난 이런 걸 더 이상 겪는 걸 용납할 수 없어. 턱은 이런 나의 뜻을 방해하고 있어. 그리고 모두를 강 속에 가두려는 것만 같아. 그래서 허물려고 하는 거지. 그런데 그게 쉽지가 않아. 아직까지 아무도 그런 나를 격려해 주는 자가 없어. 그래도 괜찮아. 내 신념이 옳은 건 내가 무시험으로 턱을 넘은 것으로 입증된 셈이거든. 어쨌든 난 치누크도 설득시키지 못하면서 세상을 설득하겠다고 나선 셈이지. 보통 일이 아닌 건 나도 알아. 그렇지만 민족과 역사 앞에 나는 내 신명을 바칠 거야. 음, 그러기 위해서는 대학생활을 열심히 해야지. 그게 지금 내가 해야 할 일이니까."

에듀는 새먼 종족의 친구들이 도덕적으로 떳떳하고 반듯하게 자라야 한다고 생각했다. 그래야 무슨 일이든지 당당하게 할 수 있고 누구에게든지 자신 있게 소신을 밝힐 수 있는 것이라고 생각했다.

그런데 턱은 이런 새먼 종족들에게 거짓말을 가르치고 있었다. 턱이 있는 한 거의 대부분이 거짓말을 밥 먹듯이 하고 있었다. 학교에서건 웅덩이에서건 시험으로 날을 지샜는데 그 결과를 선배들이나 학부형들이 물어 보곤 했다. 처음에는 솔직하게 대답했지만 시험 점수로 칭찬을 하거나 꾸지람을 하는 걸 보면서 자신도 모르게 거짓말을 하게 되는 것이었다.

턱은 불안과 공포감만을 조성하는 게 아니고 거짓말을 거리낌 없이 하게 만드는 도덕적 파탄의 주범이었다. 에듀는 바다에 나오는 다른 나라 애들이 거짓말할 줄 모른다는 말을 듣고 두려움을 느낀 적이 있었다.

직접 만난 적은 없지만 거짓말할 줄 모르는 애들과 경쟁한다면 백전백패할 게 너무나 뻔했기 때문이었다. 세상에는 정직하게 사는 자들이 제일 무서운 자들이었다. 에듀는 그들이 정직하게 자란다는 말을 듣고 한 없이 부러웠다.

그에 비한다면 설악의 정기를 마시고 자란 우리 종족들이 오히려 도덕적으로 허약해 보였다. 늘상 거짓말을 하면서 자라는 것을 보아왔던 그였다. 거짓말을 하면서 부끄러움을 모른다면 경쟁에서의 승리를 기대할 수는 없는 일이었다. 이리 보고 저리 보아도 턱이 원망스럽기만 했다. 그 뿐만이 아니었다.

"우리는 우리가 태어났고 자라던 곳을 잊지 않는 것도 중요해. 비록 턱 넘기 밖에 가르쳐 준 게 없는 여울이나 개천이나 시내나 강이지만 그래도 우리가 꿈을 키우던 곳이야. 아무리 못난 부모도 제일 좋은 거야. 악몽 같았긴 하지만 그리고 반수를 잃긴 했지만 그래도 우리는 고향으로 돌아와야 해. 그래서 바다에서 우리가 한 일을 고향산천에 고해야 해. 그게 우리의 도리야. 우리를 낳게 해주고 키워 준 데 대한 도리야. 그러니 우리가 자라던 설악에 대한 추억을 되살려 머리 속에 깊이 간직해야 해. 생각해 보렴. 반드시 아름다운 추억이 떠 오를 거야. 어린 시절의 아름다운 추억은 살아 가면서 어떤 어려움을 겪더라도 이겨낼 수 있는 힘을 가져다 주지. 그러니까 우리가 자유롭고 활달하게 아무런 근심 없이 살던 시절이야말로 어떠한 어려움도 이겨낼 수 있는 힘의 원천인 셈이지. 아, 생각난다. 자황을 배에 달고 창피한 줄도 모르고 여울 여기저기를 구경다니던 시절, 시냇가 복사꽃 능금꽃이 만발하던 꽃대궐 차린 동네, 큰 바위 주변에 일던 소용돌이 곁에서 하루종일 미끄럼타기 하면서 놀던 개천에서의 하루, 학원으로 몰려가는 친구들을 못 가게 할려고 모래를 입에 물고 찾아가 웅덩이를 메꾸려고 했던 일, 아지트를 만드느라 수초를 물고 와 지붕을 잇던 추억들."

아름답던 옛 일들이 주마등처럼 머리 속을 스쳐 갔다. 하구에서의 추억은 잘 떠오르지 않았다. 어쩌면 하구에서는 여유가 없었던 것 같았다. 자꾸 턱밖에 떠오르는 것이 없었다.

에듀는 어린 시절을 회상하면서 속으로 미소짓다가도 생각이 턱에 미치면 갑자기 속이 상해 주먹을 불끈 쥐는 것이었다. 그러다가 또 자기도 모르게 스르르 아련한 옛 추억으로 빠져 드는 것이었다.

담쟁이 넝쿨이 교실 외벽을 덮고 있었고 교정은 텅 비어 한적하기만 했는데 그는 교실과 화단 사이의 통로에서 그의 짝에게 어렵게 말을 건네고 있었다.

"미안해, 그건 정말 내 마음이 아니었어. 나는 1등을 하기 싫단 말이야. 나는 네가 1등 하기를 바랐어. 지난 번에 네가 1등 하는 걸 보고 얼마나 좋아했는지 몰라. 그런데 이번에는 어떻게 해서 내가 1등 했는지 나도 몰라. 내가 바라던 게 아니었는데. 그게 미안해서 너를 부른 거야. 난 1등 하고 싶지 않았단 말이야. 넌 내 마음을 꼭 좀 알아주면 좋겠어. 알겠지? 어서 대답해."

그는 이제는 어디서 무얼 하며 어떻게 살고 있을지 궁금해 하며 옛 추억에 잠겼다. 그의 짝은 어느 도시에서 전학을 왔었는데 어찌나 예쁘고 공부도 잘했는지 오자마자 친구들 모두의 인기를 독차지하는 것이었다.

그런데 어쩌다 에듀가 1등을 했고 그래서 그가 받았을지도 모르는 상처를 덮어주고 자존심을 세워주고 싶었다. 그래서 떠듬거리며 열심히 변명하는 에듀에게 그녀가,

"아냐, 괜찮아. 나는 네가 1등 하는 게 더 좋아. 정말이란 말이야. 이제부터 꼭 네가 1등 하도록 해. 안 그렇게 하면 난 일부러 틀리게 답을 쓸 거야."

"아냐, 아냐, 그게 아닌데……. 내 마음은 그게 아니란 말이야……."

에듀가 그의 속마음을 어떻게 하면 전해 줄 수 있는지 몰라 답답해 하면서 짝의 얼굴을 보니 그녀의 눈망울은 더욱 더 샛별처럼 반짝이는 것이었다. 그는 아스라한 옛 추억을 떠올리면서,

"이제 그 시절은 영원히 돌아올 수 없겠지. 노래도 참 잘 불렀는데…… .턱은 잘 넘었을까."

낮에 나온 반달은 하얀 반달은
햇님이 쓰다 버린 쪽박인가요
꼬부랑 할머니가 물길러 가면
치마 끝에 딸랑딸랑 채워 줬으면

그는 추억을 툭툭 털고 잔디밭에서 일어나 친구들이 모여 있
는 곳으로 갔다. 그곳에는 놀라운 소식이 그를 기다리고 있었다.

7 북태평양에서 오는 자들

깊은 바다에서 지진이 일어났고 그 때문에 해일이 밀려 오고 있다는 것이었다. 지금은 아주 미세하게 느껴지지만 뭍으로 가까워질수록 거세어지고 마침내 해변가를 덮치고 강줄기를 따라 거슬러 올라가 시내와 개천까지 바닷물 천지가 되게 한다는 것이었다.

에듀는 그 소식을 듣고,

"큰 일 났구나. 그렇게 되면 강물에 있는 우리 종족들은 다 죽고 말아. 이를 어쩌면 좋지?"

하고 안절부절했다. 그가 생각하기에 바닷물이 거슬러 올라가면 아무도 살아남지 못할 것 같았다. 그렇지 않아도,

"바닷물이 얼마나 짠 줄 알아. 그러니 간장독을 통과하는 연습을 미리 미리 해두어야 하는 거야."

하는 말을 귀에 못이 박히도록 들어왔는데 어느날 갑자기 바닷물이 밀려들면 그 충격에 아무도 살아 남지 못할 것 같았다. 그는 친구들을 붙잡고 이 사태를 어떻게 막을 수 있을까 하고

물어 보았지만,

"우리는 이미 바다에 나왔어. 해일이 무섭다고 해도 바다는 괜찮단 말이야. 그 이상을 알 필요는 없구 말이야."

하는 뜬금 없는 소리만 들을 뿐이었다. 친구들은 더 이상 그 곳을 생각하기도 싫다는 표정을 짓는 것이었다. 그는 그들에게서는 아무 것도 기대할 것이 없다고 보고 여기 저기 찾아다녔다. 교수님들이나 교육정책 담당자들 신문사와 방송사 그리고 교육관련 시민단체와 교총과 전교조와 한교조에서 일하는 분들을 붙잡고 통사정을 했다.

앞으로 교육시장이 개방되면 외국의 대학이나 전문교육기관이 몰려오게 되고 그렇게 되면 교육주권을 빼앗길 건 시간문제인데 더 늦기 전에 어떻게 손을 써야 되는 게 아니냐고 호소했다.

그런데 누구도 그에게 관심을 기울이지 않았다. 문제의 심각성을 깨닫는 것 같지도 않았다. IMF 때 고생을 좀 하긴 했지만 결국 극복했는데 교육주권을 뺏기는 경우가 생기더라도 몇 년 내에 찾아올 수 있을 것이라는 것이었다. 오히려 그에게 새면 종족으로서의 우수성을 잊지 말라고 당부하기까지 하는 것이었다.

"해일이 덮치면 아무 것도 남는 것이 없대요. 그런데 벌써 IMF의 고통을 잊었단 말이에요? 다른 나라에서 이렇게 해라 저렇게 해라 하고 지시해도 꼼짝도 못하고 들어줘야 했었고 국부가 얼마나 유출됐는지 아무도 계산조차 못하고 있고 거리로 내쫓긴 자들이 아직까지 방황하고 있는데도 걱정도 되지 않나요?"

하고 만나는 자들마다 붙잡고 대책을 세워 보자고 매달렸다.

그러나 모두들 무대책이 상책이라고 보는지 수수방관하고 있었다. 오히려 더 꼼꼼하게 자기의 이익을 챙기는 데 급급해 하는 것이었다. 폭풍과도 같은 험한 운명이 다가오는 줄도 모르고 모두들 단 꿈에 취해 있었다. 해외관광 여행은 급증하고 있었고 돌아올 때는 골프채를 안고 들어왔다. 도대체 진지하게 얘기해 볼 분위기가 아니었다.

에듀는 해일의 위력이 강물의 질서를 헤집어 놓는 정도가 아니라 한 나라의 교육 그 자체를 삼켜 버릴 것만 같았다. 대비를 해도 피해가 큰데 태평성세인 것처럼 아무런 재해방지 대책을 세우지 않고 있으니 그 결과는 불을 보듯 뻔했다.

에듀는 턱을 없애야만 우리 교육이 살 거라고 보고 턱을 없앨 방도를 백방으로 찾아보았지만 여지껏 찾지 못하고 있었는데 결국 이렇게 없어지게 될 줄은 상상도 못했다. 스스로 문제를 해결 못하면 남들이 치고 들어온다더니 과연 말 그대로 되는 것인가.

"해일이 턱을 없앤다? 내가 없앨려던 방식은 그 게 아닌데……."

에듀는 머리를 설레설레 흔들며 참담한 심정이 되었다. 그는 턱을 없앨 수만 있다면 나라가 망해도 좋다고 떠들고 다니기도 했었다. 그건 나라가 망해도 턱을 없애 교육을 바로 잡을 수만 있으면 망한 나라도 다시 찾을 수 있다는 뜻이기는 했지만 턱을 없애야 할 필요성을 그렇게 비유한 것이지 정말로 나라가 망하기를 원한 것은 아니었다. 누구보다도 나라가 망하면 어떻게 되는지를 유심히 살펴본 그였다. 한 마디로 그 나라 백성들은 어포가 되어 술안주가 되고 마는 것이었다. 어포의 신세라? 안 될 말이었다.

왜 미리미리 머리를 맞대어 연구하고 힘을 합쳐 턱을 없애 버리지 못했는지 안타까울 뿐이었다. 만일에 우리 스스로 턱을 없앴다고 한다면 아무리 해일이 몰려온다고 해도 두려울 것이 없었다.

왜냐하면 해일이 오기 전에 바다로 나오면 되기 때문이었다. 그러나 턱이 있는 한 바다로 나온다는 것은 불가능한 일이었다. 삼팔선이 있어 이북 주민들이 외부 세계로 나오지 못하는 것과 같았다.

해일이 밀려 오는 이 중차대한 비상사태를 맞이해서까지도 문제점을 인식하지 못하고 먹고 마시고 노는 일에만 빠져 있는 어른들이 원망스러웠다.

"해일이 밀려 올려면 적어도 몇 년은 더 있어야 해. 그때 가면 무슨 대책이 세워져 있을 거야. 너무 걱정할 것 없어. 해결 못한다고 하면 각자의 책임으로 돌리면 돼. 우리는 외침을 1000번 가까이 받으며 살아온 종족이야. 뭘 그런 걸 갖고 조바심을 내고 그러니. 별 것도 아닌데……."

후배들을 반수 가까이 희생시키고 건국 반 세기를 허송하다가 결국은 교육주권마저 빼앗기고 말지도 모르는 지경에 이르렀음에도 불구하고 사태의 심각성을 깨닫지 못하고 있었다.

"정 그렇다면 해일의 힘을 빌려 턱을 없애는 건 어떨까."

그러나 에듀는 그럴 수는 없는 일이라고 생각했다. 치안이 어지럽다고 일본이나 청나라 군대를 끌여들였던 것과 뭐가 다른가. 아무리 어려워도 스스로 해결해야만 하는 일이 있고 남의 도움을 받아도 되는 일이 있었다.

턱은 우리들이 쌓은 것이므로 우리들의 힘으로 허물어야만 하는 것이었다. 무지몽매한 자들을 붙잡고 같이 허물자고 쫓아다니던 에듀만 불쌍하게 된 셈이었다. 아무튼 에듀는 발을 동동 굴렀지만 그건 그뿐이고 세상은 아무 일도 없었고 즐겁기만 했다.

그는 해일이 온다는 소식을 듣고도 이러지도 저러지도 못하고 머무적거리면서 일행과 함께 자꾸 바다 한가운데로 휩쓸려 가고 있었다.

"이러면 안 되는데……. 해일이 온다는데……. 어떻게 하면 좋지? 아아! 내 고향산천, 설악, 그리고 눈 녹은 물……."

그는 신음하듯이 중얼거리면서 고개를 들어 앞을 보았다. 한 무리가 빠른 속도로 다가오고 있었다. 3년 전에 떠났던 고향 선배들이었다. 어찌나 용감하고 씩씩하고 늠름하게 보였던지 에듀는 함성을 지르고 말았다.

"우와! 우와! 우와앙!"

선배들은 역전의 용사들처럼 당당하게 거친 바다를 가르고 있었다. 멀리서 보기에 그 넓은 바다가 두 동강이 나는 것 같았다.

과연 설악의 정기가 녹아든 눈 녹은 물을 마시고 자란 선택받은 종족다웠다. 에듀는 눈시울이 뜨거워졌다. 조금 전까지 자포자기 심정으로 허우적대던 모습은 온데 간데 없어지고 몸 속의 피가 용솟음치고 있었다.

"아무렴, 우리는 해낼 수 있어. 저 선배들처럼 말이야. 북태평양의 베링해를 마음껏 누비며 뜻을 펴고 살다가 때가 되면 고향으로 돌아와 세상 이야기를 후배들에게 들려주는 그런 선배들이 자랑스러워. 선배들을 보니 우리의 기상이 다시 살아나고 있어. 그런데 선배들이 무슨 일로 벌써 돌아오지? 아직 할 일이 있을 텐데."

알고 보니 선배들은 넓은 바다에서 할 일을 다 하고 돌아오는 것이 아니었다. 깊은 바다에서 지진이 났다는 소식을 듣고 해일이 밀어닥치기 전에 동족을 구하기 위해 허겁지겁 달려오고 있는 중이었다. 무리를 규합해 오느라고 조금 늦었다고 하면서 대장인 새먼 캡이 에듀에게 말했다.

"에듀야, 어떤 일이 있어도 해일이 밀어닥치기 전에 턱을 허물어야 한다. 우리 후배들이 바다에 적응할 수 있는 시간을 벌어야 해. 그래야만 재난을 피할 수 있다. 어느 날 턱이 갑자기 무너져 담금질할 시간이 없어지면 고향은 쑥대밭이 되고 말아. 우리는 몸으로 해일을 막을 결의가 되어 있다. 그래서 지금 이렇게 급하게 돌아오고 있는 중이란다."

"저도 선배님들과 함께 고향으로 돌아가 몸으로 해일을 막겠어요. 고향이 결단난다는데 북태평양이 다 무슨 소용이 있겠어요. 자칫하다가는 유대인들처럼 유랑민 신세가 되고 말 거예요."

에듀는 귀향대열에 서슴 없이 합류했다. 그는 턱을 이미 허물기나 한 것처럼 기뻤다.

이처럼 든든한 선배들이 있는데 걱정할 일이 무엇이 있단 말인가. 백만대군을 얻은 것도 같고 천하를 얻은 것도 같고 일생일대의 꿈이 이미 이루어진 것 같기도 했다.

샤먼 종족이 턱에 갇히어 산천어나 피라미나 송사리나 버들치나 붕어 같은 것들과 수로 같은 데서 아글 바글하며 산다는 건 에듀에게는 참을 수 없는 모욕이었다. 넓은 바다를 주름잡는 멋지고 잘생긴 참치떼들도 우리를 보면 부러워 한다던데 그런 우리 종족들을 자반이 되게 하는 걸 어찌 참고 볼 수가 있었을 것인가.

에듀의 친구들은 심한 갈등에 빠졌다. 해일 제1파가 지나가는 걸 보면서도 이곳 바다는 괜찮고 자신들은 이미 바다로 나온 이상 관계 없는 일이라고 하면서 아무런 관심도 애써 두지 않고 있었는데 상황이 그렇게 돌아가지를 않는 것이었다.

때도 안된 선배들이 귀향 길에 나서지를 않나, 에듀가 좋아서 미쳐 날뛰지를 않나 해일도 생각보다는 위력이 있을 것 같아 보였다. 마음 같아서는 빨리 베링해로 가 알래스카와 북해도와 하와이와 캐나다를 먼 발치에서 보면서 그 큰 바다를 적어도 세 번은 신나게 돌아다니고 싶었는데, 이 세상에서 제일 큰 바다를 누비며 설악의 정기를 마시고 자란 샤먼 종족의 우수성을 맘껏 뽐내고 싶은데 차질이 온 것이었다.

그들도 선배들의 늠름한 모습을 보고는 설악의 정기가 녹아든 눈 녹은 물을 마시며 자란 종족으로서의 자부심을 느끼고 있던 차였다. 그런데 알고 보니 청운의 꿈을 접고 돌아오는 것이었다.

고향의 일이 그토록 중요하단 말인가. 북태평양에 갔으면 그곳에서의 일을 다 하고 돌아올 일이지, 아무리 고향 일이 급하다고 중도 포기를 하고 돌아오다니. 에듀의 말이 이해가 되지 않는 건 아니었지만 턱 허무는 일이 그토록 중요할 줄은 미처 몰랐었다. 이 일을 어떻게 해야 좋단 말인가. 격론이 벌어지자 한 친구가 나서서 자기의 의견을 말했다.

"우리도 선배들을 따라 고향으로 돌아갑시다. 비록 우리는 턱 넘는 준비에 몰두하느라 흙 냄새, 풀 냄새, 꽃 냄새도 제대로 맡아 보지 못하고 스쳐 지나가듯이 고향을 떠나 왔지만 이렇게 바다로 나오고 보니 역시 고향이 그립지 않습니까. 그 고향이 지금 일대 위기에 빠졌다고 하는데 나 몰라라 하고 돌아서서야 되겠습니까. 우리 각자의 꿈은 후배들에게 물려주고 우리는 고향 지킴이가 되는 게 옳다고 생각합니다. 생각해 보십시오. 고향만큼 좋은 곳이 이 세상에 어디에 또 있겠습니까."

그러자 다른 한 친구가 나서서 반박했다.

"우리는 그대로 가야 해요. 우리가 갈 곳은 북태평양의 베링해란 말입니다. 우리는 그 곳으로 가기 위해서 고생을 한 것입니다. 얼마나 큰 고통을 참으며 턱을 넘었습니까. 이렇게 바다로 나오니 그 때의 고생을 다 잊은 모양입니다. 잊을 게 따로 있지, 어떻게 그런 걸 잊을 수 있겠습니까. 고향은 아름다운 추억이 아니라 악몽이란 말입니다. 악몽. 알겠어요? 아무튼 우리를 기다리는 곳은 고향이 아니라 저 넓은 바다예요. 만일 그곳에서 우리가 할 일을 찾아 다하기만 한다면 우리를 낳아 준 고향에 대한 도리를 다 하는 것이에요. 그러니 계속 앞으로 나아갑시다."

그러자 그 말을 받아 다른 한 친구가 자리에서 벌떡 일어났
다.

"고향은 생각하기도 싫어요. 지긋지긋하단 말이에요. 그곳
이 과연 어린이들과 청소년들이 살 만한 곳이던가요. 그곳은 세
상에 둘도 없는 지옥이란 말이에요. 북한 땅도 그렇지는 않을
거예요. 여러분은 해일의 위력이 얼마나 큰지 아세요. 해일이 덮
쳐서 그런 걸 싹 쓸어 버리게 해야 해요. 차라리 잘 된 일이지
요. 선배들과 우리들 중 몇몇이서 해일을 막을 수 있기나 할 것
같아요? 어림도 없어요. 막을 필요도 없지만. 괜히 개죽음이나
하지 말고 빨리 북태평양으로 갑시다."

그는 간장을 토해 내던 버릇대로 '끄윽' 하고 흉내내면서 자
리로 돌아오는 것이었다. 그 바람에 좌중은 배꼽을 쥐고 웃는
것이었다. 분위기는 북태평양 쪽으로 가자는 의견이 우세한 것
같았다. 그러면서도 쉽게 결론을 내리지는 못하고 있었다.

간장독과 악몽 같던 입시지옥을 떠올리고는 몸서리를 치다가
도 선배들의 늠름한 모습을 보고는 망설이지 않을 수 없었다.

"우리를 낳아준 고향인데…… 싫어도 고향인데……."

선배들은 시간이 없으니 어서 결정을 하라고 재촉했다. 전체
적으로 결의가 안 되면 각자에게 맡길 수밖에 없지 않느냐고 하
면서 큰 기대를 안 하는 것 같았다. 그러면서도 속으로 에듀가
주저 없이 따라와 주겠다고 하는 게 기특했다.

"역시 우리에게는 에듀 같은 후배가 있어 다행이야. 그래서
더욱 고향을 지키고 싶은 마음이 생기는 거지."

에듀가 선배들의 모습을 보고 자랑스러움을 느꼈듯이 선배들도 에듀를 보고 뿌듯함을 느꼈다. 토론의 결과는 각자의 판단에 맡기기로 했고 대부분은 그대로 바다로 가기로 했다. 턱을 넘던 고통들이 그들의 마음을 고향으로부터 멀리멀리 밀어내고 있는 것 같았다.

새먼 캡과 그의 무리 그리고 수초에서 같이 놀면서 자라던 몇몇은 에듀와 함께 귀향 길에 나서기로 했다. 그의 친구들이 무리가 되어 서둘러 고향 길에 올랐다.

에듀가 뒤를 한 번 힐끔 쳐다보니 간장에 절어 허리도 굽고 지느러미도 쭈글쭈글하고 기름지느러미도 휘어진 쬐끄만 무리들이 쩔뚝거리며 북태평양이 무슨 자기 집 안방이나 되는 것처럼 찾아가는 것이었다. 에듀가 보기에 물개나 바다사자 밥이 되러 가는 것 같았다.

캡은 에듀에게 고향 소식을 물었다.

"깜깜 천지예요. 입시재벌이 생겨나 조금 있으면 사교육이 공교육을 접수할 거래요. 요즈음 정지작업이 한창이지요. 학교에서 0교시도 모자라 마이너스 교시도 생겨나고 자율보충수업도 부활하고 있어요. 모의시험도 전국 단위에, 시도 단위에, 지역 단위에, 이웃학교와 공동으로 해서 수도 없이 많이 생겨날 거래요. 말로는 학원에서 하는 걸 학교에서도 하자는 것이지만 그게 바로 학교의 학원화지요. 학교와 학원간에 차이가 없어야 접수하기가 쉽지요. 목표가 같으면 하나의 방식으로 운영하는 게 당연하니까요. 학교에서 늦게까지 수업을 하느라고 교실을 새로 짓고 배치하고 난리를 치는데 그게 바로 웅덩이 작업이고

요. 학교에서도 간장을 담을 도크를 만들겠다는 것이지요. 교사들도 오늘의 교육현실을 타개할 방도가 없다고 하면서 교직을 선택한 것을 후회하고 있어요. 애들도 성적의 노예가 되어 선생님들 눈치 보랴 어른들 눈치 보랴 친구들간에 경쟁하랴 모두들 정상이 아니에요. 친구들 사이에 우정을 나눌 시간도 없고 분위기도 그렇지 못해요. 턱이 우리를 말살시키려고 하는 것 같아요."

하고 말하면서 암담했던 시절을 떠올렸다.

"정부에서도 정원제를 꽉 움켜쥐고 있어요. 그래야 대학을 틀어쥘 수 있다고 생각하나 봐요. 정원을 늘려 주거나 학과를 개설하거나 대학을 세우는 걸 무슨 특혜를 베푸는 걸로 착각하고 있어요. 그래서 대학을 운영하는 자들은 틈만 나면 정원을 늘려달라고 정부에다가 통사정을 하지요. 누구를 뽑고 어떻게 뽑고 얼마를 뽑고 수업료를 얼마를 받아야 하는지를 학교에서 알아서 하면 안 된대요. 학교가 자기 책임을 질 수 있을 만큼 성숙해 있지 않다는 거지요. 그러니 그런 건 정부에 맡기고 아무 말 말고 교육이나 잘 시키래요. 그 동안 해 왔던 대로…… . 대학도 아마 그걸 좋아하는 것 같아요. 별 말이 없는 걸 보면. 공부 못해서 졸업 못하진 않아요. 한눈 팔다가 졸업 못하는 경우는 있어도 뭘 가르쳐주고 뭘 배웠는지는 도무지 관심들이 없어요. 어느 대학을 나왔는가 하는 것과 무슨 과를 나왔는가만을 묻지요. 그리고는 그 뿐이에요. 다 알았다는 거지요. 대학들도 서열이 정해져 열심히 노력해도 소용 없고 또 노력할려고 하지도 않지요. 해도 안 되니까. 200개 가까이 되는 4년제 대학들과 150개 가까이 되는 2년제 대학들이 한 개의 대학이 있는 것과 같아요. 한 줄로 서니까. 누구든지 줄을 허물려고 엄두를 내지 못하지요. 턱이 만들어 놓은 강물의 질서를 흐트릴 수 없는 것처럼 대학사회의 위계질서도 허물 수 없지요. 한번 1등 대학은 영원한 1등 대학이지요. 선배님, 진리탐구와 가치창조가 대학의 목적이라면 대학은 사회의 평가와는 별개로 그런 자부심을 지녀야 하는 것 아니에요. 그러나 그런 자부심을 어디에서도 찾을 수 없어요. 학문의 세계가 어찌 그럴 수 있어요. 대학은 언제든지 다닐 수 있어야 하지만 30~40대에 대학에 간다는 건 힘든 일이 되어 있지요. 저는 언제든지 필요하면 갈 수 있어야 나라의 힘이 커진다고 보는데 그렇지 않은가 봐요. 강물의 질서를 바꿀 수 없는 것처럼 바다의 질서도 바꾸면 안 된다는 것이지요."

에듀의 얘기는 끝이 없을 것 같았다. 캡은 그의 말을 막았다. 처음에는 고향 소식을 듣는 게 재미 있었지만 조금 듣고 보니 무슨 넋두리를 듣는 기분이었다.

"됐다. 그만 해라. 나도 다 아는 얘기다. 듣고 보니 아무 것도 변한 게 없구나. 수십 년 동안 그 모양 그대로라니 참으로 딱한 일이다. 나도 고향에 있을 때 그런 걸 고쳐 볼려고 무척 애썼었지. 그런데 잘 안 되더라. 그래서 턱을 허물지 못하고 바다로 나왔지만 북태평양에 가 보니 딴 세상이더라. 우물 안 개구리도 그런 개구리가 없더라. 절대 김일성이 욕할 일이 아니더라. 우리가 더 폐쇄적인 사회란 말이야. 학교의 보충수업만 해도 한들 교육이 정상화되나 안 한들 정상화되나. 그럼에도 불구하고 그걸 하자 말자로 날을 지새고 있으니 딱한 일이구나. 하거나 안 하는 둘 중 한 가지에 공교육의 내실화가 달려 있는 것처럼 말이야. 물론 되지도 않을 일이지만 그렇게 양자택일 밖에 대안이 없는 사회는 꽉 막힌 사회고 고향이 바로 그런 곳이야. 에듀야, 세상에는 불평분자들이 많지만 그런 자들은 아무런 도움이 되지 않는단다. 너도 그들처럼 불평만 하는 자로 여겨지지 않도록 조심해야 한다. 나도 전에 우리 교육을 강하게 비판하는 친구를 본 적이 있지. 그래서 그가 교육개혁에 큰 뜻이 있는 줄 알았는데 알고 보니까 그게 아니더라. 해일이 일어나서 고향이 위기에 처해 구하러 가자고 하니 돌아앉더라. 목소리 크다고 진정한 애국자는 아니더라. 얼마나 교육개혁하자고 했니? 10년도 훨씬 넘었다. 그렇지만 현장을 변화시킨 건 아무것도 없단다. 교실은 우리 사회에서 가장 낙후된 분야야. 가만 있자. 무슨 느낌이 오는 거 없니?"

"바닷물이 울렁이고 있어요."

제2파가 지나가고 있는 게 느껴졌다. 캡은 파도를 살펴 보더니 집합을 명령했다. 선배 무리들과 에듀와 그의 친구들이 캡에게 모여들었다. 눈에는 핏발이 서려 있었다. 하늘도 시커멓게 변하고 있었고 바다는 출렁이고 있었으며 저 깊은 곳으로부터 '꾸르룽 꾸르릉' 하는 소리가 들려 왔다.

"지금 외국의 대학들이 턱 없는 대학입학제도를 무기 삼아 쳐들어 오고 있습니다. 우리는 그런 대학들에게 당해낼 수가 없어요. 턱을 한 없이 높이 쌓아놓고 그 위에 올라타고 앉아 온갖 영화를 누리던 교육들은 다 무너져 내리고 말 것입니다. 그들

은 경쟁시험 선발제도가 아닌 방식으로 우리 후배들을 데려갈
게 뻔해요. 물론 우리 후배들도 그런 대학으로 몰려갈 게 뻔하
구요. 그렇지만 교육주권을 잃게 되면 그땐 끝장이에요. 고향의
물 냄새, 바람소리, 새소리도 듣지 못하고 자랄 게예요. 국적 없
는 교육 알맹이 없는 교육은 나라가 위기에 처했을 땐 아무 소
용이 없어요. IMF 같은 사태가 되면 뒤도 돌아보지 않고 철수
하지요. 돈벌이하러 왔는데 돈 못 벌면 미련 없이 떠날 겁니다.
외국의 대학들은 우리 종족의 우수성을 부정할 겁니다. 눈 녹
은 물을 탁류로 만들 건 너무도 뻔하구요. 그러니 우리 힘으로
교육주권을 지킵시다. 설악의 정기를 잃지 않을 때만이 국가와
사회를 위하는 진정한 인재가 배출될 겁니다. 제3파가 밀려오
기 전에 죽을 힘을 다해 고향 땅에 닿도록 합시다."

에듀는 캡의 연설을 감명 깊게 들었다. 과연 선택받은 종족
으로서의 기상이 서려 있었다.

"그래, 아무리 나라가 어렵더라도 반드시 지키겠다는 자들
이 나타나지 않은 적은 없어. 설악의 정기가 담긴 눈 녹은 물을
마시고 자란 종족이잖아. 우리는 맹탕을 마시며 자란 시시한 종
족들이 아니야. 턱이 비열하게 고인 물과 간장물로 우리의 영
혼을 말살시키려 했지만 모두를 그렇게 할 수는 없었던 거야.
캡을 보면 알 수 있는 일이지."

"에듀야, 너는 해일이 얼마나 무서운 건지 알고 있겠지. 해
일은 턱을 없애 버릴 거야. 그때의 세상이 어떤 모습일까. 어쨌
든 지금의 세상과는 영판 다를 거야. 그런데 우리가 바라던 턱
없는 세상을 외국의 대학들이 보여주겠다는 거야. 어찌 보면 다

행스러운 것 같지만 스스로의 힘으로 턱을 없애지 못하고 외국의 힘으로 없애게 되면 슬픈 일만 남게 돼. 그들의 속셈은 우리와는 달라. 세계의 내로라 하는 대학들이 돈만 싸들고 오면 다받아주겠다고 할 때 어떤 일이 일어날 지 상상할 수 있겠지. 그들은 턱이 없다는 걸 대대적으로 선전할 거야. 높이 뛰기도 없고 넓이 뛰기도 없으니까."

옛날에는 총칼 들고 싸웠지만 이제는 경제전쟁이 더 무섭고 이 전쟁에서 승리하기 위해서는 교육주권을 잃지 않는 게 중요했다. 이것만 빼앗기면 다른 건 저절로 굴러 들어왔다. 외국의 대학을 나온 후배들이 말로는 세계 시민 어떻고 하면서 실제로는 제국의 앞잡이가 되는데 대하여 저항이 없어지는 것이었다. 이런 걸 문화적 제국주의라고 했다. 한 백년쯤 전에 이런 큰 해일을 만난 적이 있는데 지금 밀려들고 있는 제3파가 그때 그 해일만큼 되는 것도 같았다. 생각만 해도 아찔했다.

그렇지만 그 것도 에듀가 생각할 때 그렇지 고향에 있는 무리들은 꿈쩍도 할 것 같지 않았다. 과연 해일이 온다고 정신을 차릴까. 턱 위에 걸터앉아 부와 권위를 움켜쥔 자들이 생각을 고쳐 먹을 것 같지 않았다. 이런 회의를 캡이 눈치채고 말했다.

"에듀야. 그때는 너 혼자 고군분투하며 턱을 없앨려고 하다가 실패했지만 지금은 우리가 있지 않니. 우리는 북태평양의 꿈을 포기하고 이렇게 돌아오고 있다. 두고 봐라. 반드시 턱을 없앨 터이니. 강물에 사는 무리들이 우리의 뜻을 거스른다고 해서 서운해 할 것 없다. 우리 힘으로라도 없애기만 하면 될 테니까. 만일 우리가 못 없애면 해일이라도 없앨 것이야."

점점 고향이 가까워지면서 새로운 소식들이 속속 들어왔다. 제2파가 지나간 후 법석을 떨며 온갖 대책을 내놓고 있다는 것이었다.

대학의 다양화와 특성화, 대학평가제와 재정지원 확대, 지역사회에서의 대학의 역할 확대, 지역할당제, 인재할당제, 대학내 전과 및 전공의 복수지원, 대학간 편입학 기회의 확대, 전공인정 학점제, 국공립대학의 민영화, 독립법인화, 대학평준화, 통폐합, 분할, 수도 이전에 따른 서울대 제2 캠퍼스 설치, 지방국립대 연합, 농어촌 지역 자녀나 독립유공자 자녀의 입학기회 확대, 기여입학제, 고교 등급제 등 앞뒤가 맞는지 안 맞는지 가리지도 않고 생각이 내키는 대로 마구잡이로 내놓고 있었다. 죽기보다야 나은 일이기는 했다.

캡은 해일 대비책이라고 내 놓은 것을 훑어 보다가 화가 치밀어 집어 던지고 말았다.

"턱을 없애자는 얘기는 한 마디도 없잖아. 이 걸 대비책이라고 내놓다니. 턱이 있음으로 해서 얻는 영화는 그대로 즐기겠다는 것 밖에 아니잖아. 다 쓸 데 없는 일이고 부질 없는 짓이야. 대학시장의 개방이 어떤 건 줄 알기나 하고 이런 걸 내놓는 거야. 쌀시장 개방이나 수산물 개방과는 비교도 되지 않는 거야. 혼을 빼앗기는 거란 말이야. 그러면 끝이지 뭐. 아아, 100년 전의 경험이 다 쓸 데가 없단 말인가."

캡은 누구에게 들으라는 건지도 모르게 고래고래 소리를 지르고 악을 쓰며 개탄해 마지 않는 것이었다. 옆에서 보기에도 안쓰러웠다.

"선배님, 너무 속상해 하지 마세요. 그래도 그만큼이라도 대비책을 세울려고 하는걸 보니 희망이 있는 것 같아요. 제가 고향에 있을 때에는 턱을 없애자고 하면 정신병자 취급을 했었다구요. 아무리 다른 나라에서 턱이라는 게 없어서 짠물을 염려안 하고 산다고 말해도 들을려고 하질 않았어요. 그러나 지금은 저렇게 야단들이니 어쩌면 턱을 없애자는 운동이 벌어질지 모르잖아요. 이제 고향에 다 와 가는데 침착하게 해일을 막을 방도를 강구해 보지요."

하고 캡의 심정을 달래 보려고 했다. 모두들 혼신의 힘을 다해 헤엄쳐 갔다. 언제 제3파가 닥칠지 모를 일이었다. 숨이 턱턱 막히고 낙오자가 생기는 절박한 레이스였다. 폭풍우를 동반한 하늘은 금새라도 두 쪽이 날 것같이 우르릉거렸고 대낮이 한밤처럼 어두컴컴했다. 그 순간에도 에듀는 궁금한 걸 묻지 않을 수가 없었다.

"선배님, 턱만 없애면 되나요?"

"아니지. 턱을 없애는 데서 시작하자는 뜻이지 그 게 끝은 아니야. 턱이 없어야 살아 남아 뭔가를 할 수 있는 거야. 그 후에는 차분하게 할 일을 생각해 보자구. 새로운 교육체제를 수립해야겠지. 턱없는 교육이 될 수 있게만 하면 돼. 누구든지 턱을 바라보지 않게 된다면 그땐 교육목적이 눈에 선하게 들어오게 되어 있어. 좋은 말들 많잖아. 홍익인간이란 말도 있구 말이야. 빨리 가자. 어서, 얘기할 시간이 없어."

일행은 꿈에 그리던 고향에 마침내 도착했다. 그러나 도착한 순간 입이 딱 벌어지고 닫히지가 않았다. 퉁가리 유치원장, 금강모치 웅덩이 보습학원장, 종개초등학교장, 꺽지 웅덩이 원장, 쉬리 초등학교 선생, 납자루 중학교장, 메기 웅덩이 원장, 동사리 선생, 끄리고등학교장, 가물치방송사 사장, 미꾸리 선생까지 새카맣게 몰려들어 턱을 지키겠다고 버티고 있는 것이었다.

그 아래 쪽에는 일반교사들과 학부형들과 교육공무원들과 학습지 출판사 판매원들과 교총 회원과 전교조, 한교조 노조원들과 전경들까지 총출동해서 턱을 둘러싸고 있었다. WTO 교육개방저지 범국민공동대책위원회라는 이름으로 '턱을 사수하자'는 구호를 새긴 플랭카드가 하늘 끝까지 높게 내걸려 휘날리고 있었다. 피라미와 붕어 같은 무리들도 턱을 지키겠다고 의지를 다지고 있었다. 가물치 사장이 캡에게 소리쳤다.

"뭐, 턱을 허물라고? 어떻게 만든 턱인데. 정신나간 소리 하지 마. 어서 바다로 돌아가. 여기는 우리들이 사는 강이야. 해일이 한 발짝도 들어오지 못하게 할 거야. 어서 꺼져 버려."

캡은 턱을 어서 없애라고 호통을 치려다가 되려 호되게 한 방 맞아 얼떨떨했다. 가물치 사장 곁에는 그 동안 보이지 않던 치누크가 있었다. 베링의 꿈을 포기하고 가물치 사장의 사업을 이을 준비를 하고 있었다.

에듀가 앞으로 나서며 말했다.

"오, 내 친구 치누크야, 반갑구나. 이런 데서 만나 유감이긴 하다만 그 동안 잘 지냈냐? 너는 나하고 큰 바다에 가서 함께 일하며 살자고 약속한 사이가 아닌가. 어째서 그토록 원망스럽던 턱을 떠나지 못하고 그 주변을 배회하고 있단 말이냐. 가물치의 성공이 그토록 부럽더냐. 설악이 우리에게 내린 명령을 너는 정녕 잊었단 말인가? 그래 좋다. 네가 해일을 막을 수 있을 것 같으냐. 이제라도 다시 생각해 보고 턱을 허물도록 해라. 허물 시간을 우리가 만들어줄 테니."

하고 한 편으로는 안타까운 마음으로 다른 한 편으로는 분노의 심정으로 말했다. 이때 캡이 앞으로 나서며 큰 소리로 말했다.

"이 못난 것들. 이 강은 넓은 바다에 비하면 하루걸이도 안 돼. 우물안 개구리 같으니라구. 하룻강아지야 범 무서운 줄 모르는 게 당연하지만 너희들이 바로 그 짝이구나. 알겠냐. 얼마나 세상이 넓은지 얘기해 줄 참이 없구나. 당장에 턱을 허물어 버려. 안 그러면 다 죽어. 우리가 여기 온 것은 너희들을 위해서인데 그런 줄도 모르다니. 아 불쌍한 내 조국이여. 내 고향산천, 눈 녹은 물. 설악은 굽어살피소서."

캡은 무리들에게 명령했다.

"서둘러 대오를 만들어라. 생명의 띠를 두르자. 해일이 밀려오면 가슴지느러미로 맞받아치도록 해라. 등지느러미로 물살을 흐트리도록 하고. 그리고 꼬리지느러미로는 단단히 몸을 지탱하도록."

에듀는 다시 앞으로 나가 설득했다.

"여러분, 어서 모래나 자갈을 물어 멀리 흩뿌리세요. 턱 만들던 방식을 거꾸로 하면 돼요. 이렇게 턱 주변에 붙어 꼼짝도 않고 있어 봐야 아무 소용이 없어요. 다 죽고 만단 말이에요. 지금이라도 바닷물을 끌어들여 짠 물에 견딜 수 있게 해야 해요. 그렇게 하면 바닷물이 조금도 두려울 게 없어요. 어서 그렇게 해요."

하고 호소했다. 그러나 아무 소용이 없었다. 다시 한 번 치누크를 붙잡고 우정에 호소했지만 그것도 소용이 없었다. 가물치 사장은 턱을 지킬 수 있다고 굳게 믿는 것 같았고 이런 신념을 치누크는 받아들이고 있었다.

치누크가 에듀에게 친구로서의 마지막 말이라고 하면서 한 마디 했다.

"우리는 이 강에 사는 물고기 모두에게 총동원령을 내렸다. 턱이 없으면 다 죽는다고 가르쳤지. 그래서 저렇게 절박하게 턱을 지키느라고 애를 쓰고 있는데 뭐라고? 턱을 없애라고? 살라고 하는 소리야, 죽으라고 하는 소리야. 에듀야 너의 듬직한 모습이 보기 좋다. 그러나 네 말이 맞는지 내 말이 맞는지 해일이 곧 얘기 해줄 거다. 난 너를 미워하지 않는다. 다 신념이 달라서 그런 것뿐이다. 너에게 행운이 있기를 빈다."

해일이 닥쳐 오는 순간에도 불구하고 한 쪽에서는 턱을 허물 시간을 벌겠다고 온몸으로 저항하고 있고 반대편에서는 턱을 지키겠다고 온몸으로 막아서는 기묘한 상황이 지속됐다.

"캡 선배님. 설득이 안 돼요. 그런데 한 쪽에선 허물라고 하고 다른 쪽에서는 허물지 않겠다고 하고 있으니 어떻게 하면 좋아요?"

"내버려 두어라. 괜찮다. 우리가 한 순간을 벌려고 저 멀리 북태평양에서 온 것을 몰라주니 야속하구나. 다 운명이다. 우리는 넓은 세상에서 살다 왔으니 해일이 우리를 어떻게 하지는 못해. 저들은 스스로 감당할 수 없을 만큼 큰 힘이 들이닥쳐야만 깨닫게 돼. 물론 그 때는 늦었지만 말이야. 두고 보렴. 내 말이 맞는지 안 맞는지."

천둥이 쿵쾅거리며 천지를 뒤흔들고 있었고 벼락이 모래와 자갈로 쌓은 뭔가를 찾아 그곳으로 내리 꽂히고 있었다. 바람은 온 세상을 뒤엎을 듯이 윙윙거리고 있었고 바닷물은 몸을 일으켜 사납게 수평선을 부러뜨리고 있었다. 설악이 끄르릉 끄르릉 피를 토하고 있는 가운데 깎아지른 듯한 제3파가 온 세상을 덮칠 듯한 기세로 밀려와 턱을 후려쳤다. 그리고는 강줄기를 타고 개천과 시내와 여울까지 거슬러 올라갔다.

섀먼 캡과 섀먼 에듀, 그리고 그의 일행은 바닷물이 지나간 자리를 살펴 보았다. 그 어느 곳에서도 턱의 흔적은 발견되지 않았다. 턱을 지키고자 했던 무리들, 바다에의 삶을 거부했던 무리들이 마치 얼어 붙은 강 위에 눈이 쌓였듯이 그렇게 하얀 배를 드러내고 죽어 있었다.

험상궂던 날씨는 거짓말처럼 사라지고 밝은 햇살이 강 위를 비추고 있었다.

에듀는 중얼거렸다.

'나는 결국 턱 없는 세상을 보았어. 그토록 보고 싶던 턱 없는 세상을! 아, 아! 그런데 그것을 재앙과 파멸과 죽음과 혼돈의 한가운데에서 보다니……'

그의 눈가에는 이슬이 맺히고 있었다.

이공훈 교육소설

새면 에듀

●

지은이/이공훈
펴낸이/김재엽
펴낸곳/한누리미디어

●

100-192, 서울시 중구 을지로 2가 148-73
신화빌딩 401호
전화/(02) 2278-4513, 2268-4514
팩스/(02) 2268-4524

●

등록/제16-467호(1993. 11. 4)

●

초판발행일/2003년 1월 20일

●

ⓒ 2003 이공훈 Printed in KOREA

●

값 8,000원

●

E-mail/hannury2001@yahoo.co.kr

●

※잘못 된 책은 바꿔 드립니다.

●

ISBN 89-7969-221-8 03810